Pierre Defrance

En quête de bonheur

Illustration : Charlotte Gérard

Toute reproduction, partielle ou totale,
est strictement interdite.
Tous droits réservés Pierre Defrance ©
Dépôt légal:décembre 2016
Edition : BoD - Books on Demand
12/14 rond-point des Champs Elysées, 75008 Paris
Imprimé par Books on Demand GmbH,
Norderstedt, Allemagne

Je sais peut-être écrire, mais je ne sais pas dessiner. Or, même si un roman ne doit pas forcément être illustré, un livre avec une illustration vous parait bien plus sympathique. Quand j'étais petit, je me souviens que je jugeais les livres sur leurs couvertures avant même de les ouvrir. J'avais donc besoin d'un illustrateur. Je n'ai pas fait appel à un professionnel, mais à mon amie Charlotte Gérard que je tiens à remercier pour le travail exceptionnel fourni! Peut-être me qualifierez vous de méfiant, mais je trouve que les amis sont plus fiables que des inconnus diplômés...

Le personnage principal, Jean, se confiera à vous comme l'on se confie à un ami qui vous est cher. De temps à autre, il vous apostrophera, car effectivement je n'avais pas l'intention d'exclure mon lecteur de mon roman. Je vous ai écrit une histoire rocambolesque pour vous passionner. J'ai eu recours au comique pour vous faire rire. Je vous invite, par le biais d'apartés philosophiques, à une réflexion sur notre société et notre parcours terrestre. Vous verrez un Jean pressé, conditionné par la société, évoluer, auquel vous vous attacherez et à qui vous souhaiterez tout le meilleur du monde. Cher lecteur, je souhaite que vous passiez des moments inoubliables!

Pierre Defrance

Chapitre I: Une journée banale

Je venais de lire, ou formulons-le autrement, je venais de survoler la 19ème lettre de motivation pour un entretien d'embauche, lorsque mon estomac me fit comprendre par un grognement animal qu'il était grand temps de manger. Je regardai ma montre et vis que le cadran affichait 13 heures pile. Depuis mes années passées à la FAC (ça remonte aux neiges d'antan), j'avais pris l'habitude de prendre une pause méridienne à cette heure précise. Je me frottai les yeux, fatigués par la luminosité de mon écran, et me levai de mon bureau pour constater que certains collègues étaient déjà de retour de leur pause de midi. D'une part pour leur rappeler ma présence, d'autre part pour leur prouver que j'étais un chef doté d'humour, je leur annonçai: « L'heure de la sieste vient de sonner, votre chef part se restaurer... » Des sourires illuminèrent leurs visages. Ils m'avaient tout de suite accueilli avec une sympathie hors du commun quand j'avais reçu, en février dernier, un avancement me nommant responsable de service. L'ambiance qui y régnait était vraiment bon enfant. Je descendis les cinq étages de mon service, puis sortis des locaux de mon entreprise et partis en voiture (une BMW série 5) pour me rendre au restaurant couscous, "Aux saveurs de Rachid", de la banlieue voisine. Mon cerveau avait rapidement envisagé de manger à la cantine, mais mon ventre y avait catégoriquement mis son veto, préférant ne pas se priver de bonnes choses.

Cela faisait déjà huit ans et des poussières que je l'avais découvert un peu par hasard, enfin non, plutôt grâce à la providence. Ma femme Léa, mes trois enfants (mon petit dernier Pierre n'était pas encore né) et moi venions juste alors d'emménager dans notre nouvel appartement fraîchement construit au 38 rue des Figuiers, quand nous eûmes la bonne surprise d'apprendre que mes beaux-parents viendraient pour un week-end. Bien qu'il s'agisse de gens tout à fait respectables, il faut que vous sachiez, qu'ils pensaient, et pensent toujours, bénéficier des mêmes droits et prérogatives que moi dans notre appartement pour je ne sais quelles raisons. Vaguement, et sans donner de détails, ils nous avaient mis au courant de leur venue pour, officiellement, nous aider à déballer et inaugurer notre nouveau logis. En réalité, leur aide s'était résumée à des critiques incessantes de notre (en particulier du mien) goût du mobilier, du choix de l'appartement, de la couleur des fleurs des voisins et j'en passe...
Depuis ma plus tendre enfance, j'ai constaté que les ennuis avaient tendance à affluer toujours par vagues, ainsi notre cuisine se révéla impropre à l'utilisation. Il va sans dire que je fus déclaré responsable de cet incident technique et me vis dans l'obligation de trouver un restaurant pour nous dépanner. Croyez-moi, il y a des choses plus faciles que de trouver un restaurant ouvert mi-août en région parisienne...
Mes deux derniers, Justine et Hugo, réclamaient un

"McDo". Depuis que l'invasion de cette chaîne américaine avait gagné la France dans les années '90, j'ai toujours eu la chair de poule à la simple évocation du nom de "McDo". Je n'ai jamais pu supporter le fast-food quel qu'il soit, jugeant qu'il menaçait de détruire le patrimoine gastronomique français. Étant croyant, j'ai toujours été reconnaissant envers Dieu de m'avoir fait naître au pays de la gastronomie. Pour moi, la France était, est et sera toujours la première puissance gastronomique mondiale. La situation s'envenima d'autant plus que Chloé, la plus raisonnable des trois, piqua une crise de colère, ne voulant pas y manger. Mes beaux-parents criaient, ma femme hurlait et je pris la sage décision de faire un tour dehors. Après avoir mené une recherche vaine en tournant en rond pendant 30 minutes (internet ne marchait pas non plus), je suis revenu chez nous, désespéré. Comme je me trouvai sur le palier de l'escalier, la porte d'en face s'ouvrit. Un visage féminin voilé d'une trentaine d'années s'aventura timidement hors du cadre de la porte et me questionna du regard. Sans même avoir prononcé une seule parole, je me sentis tout de suite à l'aise avec cette personne dont la présence dégageait quelque chose d'apaisant. Confus, je lui fis part du problème de faire une première impression de la sorte. La femme me sourit et me dit:

« Monsieur, si vous le voulez bien, nous pouvons vous venir en aide. Je m'appelle Aïcha. Mon mari Rachid et moi tenons un restaurant oriental à Conflans-Sainte-Honorine. Vous bénéficieriez d'un prix d'amis en tant que nouveau voisin. Ne vous désolez pas au sujet de disputes comme ça, elles prouvent que vous vivez dans l'abondance! Nous sommes originaires du Liban et quand il y avait la guerre, nous ne nous sommes jamais posés la question où manger, nous étions contents si nous en avions l'opportunité. »

Un sentiment de honte s'empara de moi à entendre les mots de cette femme ayant connu le désarroi. Je bégayai:

« Je vous remercie infiniment de votre proposition que j'accepte volontiers. Je suis profondément attristé de ce qui s'est passé. En fait, les Hommes, n'ayant jamais été confrontés au besoin, se disputent parfois pour rien. »

Mon raisonnement plut à Aïcha qui m'assura que je ne devais pas me soucier d'elle.

Suite à cette invitation, qui mit un terme à la dispute conjugale, familiale et inter-générationnelle, s'est liée une sincère amitié entre nos deux familles ainsi que nos deux garçons, Hugo et Momo étant du même âge. Bénéficiant donc du tarif ami à vie, je savais que j'y serais toujours le bienvenu.

Huit ans plus tard, je sortis donc de ma voiture et courus les quelques mètres jusqu'à la porte d'entrée pour échapper à une pluie battante typique des Saints de Glace. Bien que j'y eus déjà mangé une bonne centaine de fois, je tombai toujours sous le charme oriental procurant une atmosphère inédite. Tous les serveurs me connaissaient, car avec le temps, j'étais devenu un habitué de la maison. Je m'assis à ma place habituelle, dos au mur, avec vue sur le bar. Dans n'importe quel endroit du monde je préfère les places où l'on est dos au mur, je trouve que l'on a une meilleure vue d'ensemble. Quelque part, dans la vie, il vaut mieux en avoir une bonne... Rachid venait de m'apercevoir et se dirigea vers moi. Il m'aborda:

« Que désire Monsieur Pignault aujourd'hui? Si Monsieur le souhaite, je doublerai la portion de Monsieur pour satisfaire l'appétit hors du commun de Monsieur... »

Sa prestation quasi-théâtrale me fit éclater de rire. Évidemment, cela faisait des lustres que nous nous tutoyions mais Rachid ne manquait aucune occasion de me taquiner en me vouvoyant, surtout au sujet de mon appétit quelque peu gaulois. Je répondis:

« Une salade boulghour, comme toujours, mon bon Rachid. Mais dis-moi, comment te portes-tu? Tu me sembles bien surmené. Tu devrais prendre quelques jours de congé... »

Quand des amis se connaissent bien, ils remarquent tout de suite quand l'un d'eux n'est pas dans son assiette. Il m'avoua:

« Le commerce marche mal mon ami. Nous avons encore des dettes impayées dues aux rénovations de l'aménagement. Comme si cela ne suffisait pas, Momo va sûrement devoir redoubler sa seconde, tous les professeurs disent que son attitude est désinvolte et qu'il a arrêté de travailler. »

« Tu sais le cas de ton fils présente des similitudes avec le mien. Il me donne l'impression de ne penser qu'au foot et aux jeux vidéos. Lors du dernier conseil de classe, ils ont proposé également un redoublement, mais je les ai d'ores et déjà avertis qu'il n'en était pas question. J'ai décidé de lui faire prendre des cours particuliers pendant les grandes vacances d'été afin de le remettre à niveau. Cela le privera de temps libre et le fera réfléchir. »

« Jean, ton idée est bonne, mais nous ne pouvons pas payer des cours particuliers à Momo, nous n'en avons pas les moyens. Aïcha et moi, nous sommes occupés pendant toute la journée, nous ne disposons d'aucune minute pour surveiller ce qu'il fait et l'aider dans ses devoirs. Toi, tu as les moyens pour le remettre sur la bonne voie et combler ses lacunes scolaires, mais le mien ne pourra pas s'en sortir comme ça. Nous devons déjà nous battre pour subvenir à nos propres besoins... »

D'accord avec ses propos, je hochai bêtement la tête comme les Hommes le font si souvent et le laissai partir vers la cuisine. Ses paroles venaient de me faire profondément mal au cœur. Grâce à une grand-mère adorable et dévote, j'ai toujours éprouvé de la compassion à l'égard des plus démunis. Étant petit garçon, je l'accompagnais chaque dimanche pendant les vacances d'été à la messe, et sur le chemin du retour, nous passions à la hauteur du clochard du village, Benoît, dont les gamins du village se moquaient parce qu'il bégayait. La vieille femme me mettait toujours une pièce dans la main pour que je m'entraîne à adopter les bons gestes. J'avais vieilli, les choses avaient changé, je ne me trouvais plus à Perpezac-le-Noir et le geste n'était plus de donner une pièce. Il fallait que je prenne une décision, je ne pouvais pas rester les bras croisés à ne rien faire.

En attendant mon plat, j'allumai mon portable pour vérifier si j'avais reçu de nouveaux messages. Bien que n'étant pas en attente d'un message important, ce simple fait me rendit nerveux, craignant d'apprendre peut-être des mauvaises nouvelles. Cette fois-ci, je ne fus pas déçu, Chloé m'avait écrit:
« Les préparations des partielles se passent pour le mieux. C'est bien plus facile que je ne le pensais. Bises. Ta grande Cloclo. »
Je souris. Chloé était la vraie fierté de la famille. Bachelière à tout juste 17 ans, elle faisait sa deuxième année de médecine. Elle était une jeune fille consciencieuse et j'étais convaincu qu'elle réussirait dans la vie. Son nouveau copain Sylvio ne me plaisait certes guère, le trouvant trop flambeur et extrêmement arrogant.

Des pas se firent entendre. Rachid revenait de sa cuisine et m'apportait mon boulghour en fredonnant un air de Michel Sardou que je lui avais fait découvrir. Mon ami posa l'assiette sur la table et me souhaita bon appétit en arabe. Je le remerciai et lui indiquai la chaise vide d'en face. Il s'assit et je commençai:
« Voilà Rachid, je ne peux pas rester indifférent en regardant ton fils se lancer sur une mauvaise pente. Tu es mon ami, nos deux fils s'éloignent du droit chemin, il faut donc les recadrer. Il serait injuste, vis-à-vis du tien, de ne pas l'aider. Je suis prêt à payer les frais des cours d'été de

Momo. Ils n'auront qu'à prendre des leçons ensemble. »

Contre toute attente, Rachid n'apprécia pas du tout ma proposition et protesta fermement:

-Je suis peut-être pauvre, mais ça ne m'empêche pas d'être fier. Je te remercie, mais je ne peux pas accepter.

-Voyons Rachid, sois raisonnable, ça n'a rien avoir avec ton honneur et ta fierté. Je tiens juste à me porter garant de la réussite scolaire de ton fils, c'est tout. Depuis le temps que nous sommes amis, nous ne devrions pas avoir honte de nous entraider si l'un de nous est dans le pétrin.

-L'un de nous, la bonne blague! Jusqu'à présent, c'est toujours toi qui m'a aidé et je n'ai jamais eu l'occasion de te le rendre.

J'exprimai mon désaccord.

-C'est faux, Rachid, c'est bien ta femme qui avait évité d'aggraver une scène de ménage quand nous avons emménagé et j'adore le boulghour que tu me fais à prix d'ami.

Je n'aurais pas dû dire cette phrase, car il se mit hors de lui:

-Tu viens de te trahir, Jean! "Ta femme"! Tu vois bien que la seule fois où nous t'avons aidé, c'était grâce à ma femme!

Je venais de le blesser dans son honneur. Je m'en voulais profondément. Il poursuivit son flot de lamentations:

« Pas grâce à moi! Je ne suis vraiment qu'un raté... En fait, tu es mon ami parce que ton cœur dégage de la bonté et que tu m'as pris en pitié. Qui m'a prêté sa résidence secondaire à maintes reprises? Qui a amené l'élément décisif, lors du procès des hooligans, qui avaient saccagé mon restaurant avec des inscriptions islamophobes? C'est toi! Je t'en prie, ne te vexe pas, mais je ne peux pas accepter ta proposition. Je veux que ma famille soit fière de moi en essayant d'y arriver tout seul, et non par le biais de la générosité d'un ami. »

Quelque part, au fin fond de moi-même, je lui donnais raison, mais ne pouvais et ne voulais pas laisser Momo à l'abandon. Je revins à la charge une dernière fois, tentant ma chance:

« Écoute-moi donc, je te propose un truc: les gosses prennent leurs cours et mangent après ensemble, ici. »

Bien qu'étant économiste, j'avais découvert que le troc pouvait s'avérer comme étant un investissement bien plus rentable que le commerce monétaire. Avec le premier, on pouvait créer ou souder des amitiés, avec le second, on encourait le risque de les détruire.

Cependant, cette seconde tentative devait rester infructueuse elle aussi, Rachid s'entêta et secoua la tête d'un non catégorique. Il se leva et partit vers la cuisine. Je soupirai. Les Hommes et leur fierté qu'ils placent au-dessus de leur bon sens. Malgré tout, je souris. Je venais de penser à un de mes premiers ouvrages économiques que j'avais publié. Bien que j'en aie écrit depuis une bonne quinzaine, je me souvenais toujours de mes débuts avec un sourire aux lèvres. Je l'avais intitulé "Comment combiner bon sens, succès et possession" et en avais déduit l'existence d'une recette de cuisine pour le bonheur. Au

13

moment où j'y ai repensé, j'étais toujours convaincu de la validité de cette théorie. Aujourd'hui, je ne le suis plus, mais je ne vais pas vous en dévoiler d'avantage car vous pourriez m'en vouloir...

Revenons-en à nos moutons (oui, il y avait du mouton dans mon assiette)... Je finis par manger mon boulghour, et me sentant rassasié, je m'enfonçai dans la banquette molle. La matinée avait été longue et l'après-midi s'annonçait difficile. Je n'avais toujours pas trouvé d'idée valable pour réduire l'émission de CO_2 dans nos usines en Pologne. A l'origine, je n'aurais pas dû être chargé de cette commission, mais Léa était d'avis qu'il fallait que je me mette enfin à l'écologie car elle, en tant que militante pour l'environnement, avait "presque honte d'un mari qui méprisait le développement durable en roulant en voiture". De plus, mon chef, Monsieur Meyer, n'avait pas hésité à faire une pléthore d'éloges à mon sujet lors de notre dernière assemblée générale. Soucieux que ma femme n'ait pas à avoir honte de moi et flatté par les mots de mon chef, j'avais finalement accepté cette tâche. Plus j'y pensais, plus je me posais la question: pourquoi avais-je accepté? Mon chef ne m'inspirait guère confiance, de nature mielleuse, il avait quelque chose de malhonnête en lui qui me mettait mal à l'aise depuis notre premier rapport. Cela faisait près de deux semaines que j'étais en quête d'idées valables, en vain. Il ne me restait plus qu'un jour, avant vendredi 13 date butoir, pour proposer un projet qui tienne à peu près la route. Je devais avoir l'air soucieux et perplexe, car je ne vis pas Aïcha venir pour débarrasser mon assiette. Ce n'est que lorsqu'elle m'adressa la parole que je levai les yeux vers elle:

-Jean, soyez confiant, tout ira pour le mieux. Prenez le temps de respirer un peu!

-Vous avez sûrement raison , je vais prendre un bol d'air frais.

Elle prit mon assiette, revint avec l'addition que je m'empressai de payer et je sortis. La pluie s'était transformée en léger crachin breton et je fis quelques pas sur le parking. Un groupe de sept ou huit jeunes fumait derrière une camionnette. Je dressai les oreilles et entendis qu'ils parlaient un français exécrable. De mon temps, même les pires voyous ne baragouinaient pas un tel charabia. L'un d'eux avait un fort accent du Midi. J'aurais aimé que mon frère Hubert, raciste convaincu, ait été présent à ce moment-là. Cela lui aurait coupé l'herbe sous les pieds lors de diverses discussions. Chaque été, nous nous disputions sur des sujets socio-politiques, et pour lui, tous les jeunes qui traînent dans la rue, sont soit roms, soit noirs, soit arabes. Or, je venais d'avoir la preuve du contraire. Selon moi, un bas niveau social et un manque d'accès à l'éducation et à la culture, favorisaient la voyoucratie et conduisaient à une mauvaise pratique de la langue française.

Si néanmoins, il devait se trouver des racistes parmi mes chers lecteurs, sachez que je n'ai rien contre vous. Quant aux non-racistes, permettez-moi de vous donner un

15

conseil, celui de ne pas discriminer les racistes. Cela ne fait qu'empirer leur intolérance. Essayez plutôt de nouer un dialogue. S'ils ne comprennent pas, ne leur en voulez pas. Tous les Hommes n'ont pas les qualités dignes, propres à l'espèce humaine.

Je revins à mon bureau et y trouvai un petit post-it collé sur l'écran de mon ordinateur "Rappeler Gustaffsen". Je me frappai le front. Je l'avais complètement oublié celui-là! Henrijk Gustaffsen était un agent immobilier danois établi dans les Hauts-de-Seine. Étant donné que les effectifs de l'entreprise avaient été multipliés par deux en l'espace de dix ans, nous devions acheter des locaux supplémentaires afin de décentraliser le centre décisionnel. L'homme était propriétaire d'une surface à laquelle notre entreprise s'intéressait vivement, car elle se situait à proximité de nos locaux actuels, facilitant une décentralisation. J'avais reçu le mot d'ordre de ne pas confirmer l'achat, avant que Gustaffsen ne soit descendu à quatre millions. Le prix initial était de 5,5 millions et j'avais déjà remporté une bataille, en l'ayant fait descendre à 4,5 millions, mais la suite des négociations s'avérait difficile. Je composai le numéro et l'appelai. Après 20 minutes d'une conversation imprégnée de la quête avide que les Hommes ont envers l'argent, Gustaffsen finit par renoncer à sa proposition et accepta la mienne, ou plutôt celle de l'entreprise. Je raccrochai en fixant un nuage qui défilait au loin. En tant qu'employé ayant accompli sa tâche, j'aurais dû être satisfait. Paradoxalement, je me sentais

16

cependant coupable d'avoir fait échouer les intentions de Gustaffsen. Après tout, je ne l'avais jamais vu et il ne m'avait rien fait (je ne pouvais en dire autant de mon chef qui m'en avait déjà fait voir de toutes les couleurs). J'avais la sensation d'avoir agi comme une marionnette téléguidée. Je dus penser à la citation célèbre de Paul Valéry sur la guerre:

"La guerre est un massacre de gens qui ne se connaissent pas au profit de gens qui se connaissent et ne se massacrent pas."

D'un autre côté, je me sentis soulagé à l'idée de ne rien avoir à craindre de mes supérieurs, mieux encore à être récompensé. Je n'aurais jamais dû étudier l'économie, de toutes les parties de la société, celle des finances est la plus ingrate.

L'aspirateur de la technicienne de surface me fit sursauter. Je me levai de mon fauteuil de bureau pour la laisser passer. Bintou me remercia avec un large sourire faisant étinceler ses dents blanches, elle n'avait pas l'habitude que les "gens du bureau", comme elle nous appelait, daignent se lever pour la laisser passer. En général, elle recevait des moues de visages dédaigneux et entendait des "moins forts!" en guise de reconnaissance de nettoyer le bureau. L'année dernière, j'avais causé un esclandre en ayant remis les pendules à l'heure à un collègue, Monsieur Trichard, qui lui avait manqué de respect en aboyant:

« Dégagez, nom de Dieu, vous nous gênez! »

Trichard et moi étions alors prétendants pour le même

poste. Cette concurrence se manifestait, d'un côté, par un zèle accru, et d'un autre, par la détection de la moindre erreur adverse. J'en avais profité pour lui faire une leçon de morale exemplaire et l'humilier devant les autres, sur quoi il m'avait fusillé du regard pendant des mois avant de subitement faire profil bas, suite à ma promotion. Il était même allé jusqu'à m'offrir un stylo-plume en argent que j'utilisais depuis au quotidien. Pour me témoigner sa gratitude, Bintou m'avait cuisiné un excellent plat africain ce qui avait éveillé des soupçons en Léa. J'avais mis du temps à lui faire comprendre quel était le motif de ce cadeau, mais elle avait fini par me croire et me féliciter d'avoir agi comme un "gros doudou adoré". La vie en couple n'est pas toujours un long fleuve tranquille, mais je pris sa méfiance pour une flatterie indirecte. D'ailleurs, je ne lui en ai jamais voulu d'être misogyne envers des rivales potentielles.

Je bénéficiai de la présence de Bintou pour prendre ma pause café, rituelle biquotidienne, et descendis à la cafétéria du troisième étage pour constater que je n'étais pas le seul à avoir eu cette idée là. Une longue file d'une dizaine de personnes faisait déjà la queue tout en se bousculant. Cette scène me fit penser au lapin dans Alice au Pays des Merveilles. J'avais certes toujours été quelqu'un de nerveux, mais je n'ai jamais essayé de courir plus vite que mon ombre. Après avoir attendu un quart d'heure, je m'assis finalement à une table pour boire mon café. Quelque part, je trouve que le café est un antidote contre la somnolence quand on travaille, et une source d'inspiration lorsque l'on est en quête d'idées pour écrire. Si vous lisez "Paris est une fête" de Ernest Hemingway, alors vous remarquerez que cette phrase est juste. Quand j'étais lycéen, je rêvais d'écrire des romans et de devenir écrivain. Année après année, j'ai repoussé mes projets, mettant une priorité à mes études et oubliant mon rêve temporairement. Après l'obtention de mon doctorat en économie, j'ai réalisé que je n'allais pas plus en avoir le temps. Cette pensée au sujet de mon rêve inaccompli teinta mon café d'amertume. Pour chasser le regret de mon esprit, je me dis que j'écrirai le jour où je serai à la retraite et en lirai le soir des extraits à mes petits-enfants. Ma femme m'avait déjà dit d'écrire les week-ends, mais en général j'étais bien trop absorbé par la rédaction d'ouvrages économiques pour qu'il me reste le temps d'écrire un roman. Écrire permet de réfléchir et de voir les choses différemment, le seul petit bémol est qu'écrire n'est pas une réelle possibilité de gagner sa vie. A peine venais-je de penser à ma bien aimée, que je reçus un message d'elle.

« Doudou, n'oublie surtout pas d'aller chercher Adèle avec ses parents à la gare. Bisous. Chouchou. »

Mais quelle tête en l'air étais-je! J'avais entièrement perdu de vue l'arrivée de la correspondante anglaise de Justine et de ses parents! Bien qu'étant ravi que Justine ait l'opportunité de pratiquer la langue anglaise avec des autochtones, je l'avais moins été en rencontrant son père John. Nous n'avions pas pu nous supporter la dernière fois, la soirée risquait de tourner au vinaigre...

19

Chapitre II: Des "british" retrouvailles

Une heure plus tard, je sortis de mon bureau avec une étrange sensation. Après une journée si banale, je m'étais déjà préparé mentalement à un repas paisible en famille, à la lecture de Tolstoï et de doux moments avec ma femme au lit. Mais il ne devait pas en être ainsi. J'avais un pressentiment que l'ennui ne serait pas au rendez-vous...
Je tournai la clef de ma voiture et respirai, le tableau de bord digitalisé n'affichait que 17h30, j'avais donc le temps d'arriver à l'heure à la gare du Nord à 19h15. Me croyant largement dans les temps, je m'arrêtai à l'Intermarché pour prendre de l'essence moins chère que la veille et j'achetai deux baguettes de pain pour mes invités, qui condamnés à manger des toasts durant toute l'année, devaient en raffoler.

Ce n'est qu'en m'engouffrant dans le périphérique, que je me rendis compte du danger qu'encourait mon planning. La circulation était digne d'un chassé-croisé du 15 août. Deux voitures s'étaient carambolées peu avant la porte Maillot. Comme si ceci ne suffisait pas déjà, je me fis arrêter par la police. Peut-être avaient-ils, je ne sais trop quoi, contre ma BMW noire. Toujours est-il qu'un gros policier à moustache carrée (pour vous situer, c'était plus ou moins l'archétype de la mode allemande des années 30/40) me fit comprendre, par un geste très maladroit, de baisser ma vitre, ce que je m'empressai de faire pour ne pas perdre de temps supplémentaire. En général, quand vous baissez votre vitre sur le périphérique parisien, vous vous attendez à respirer, à pleins poumons, la très exquise odeur des pots d'échappements. La ville de Paris a certes déjà fait des progrès en ce qui concerne les émissions, mais je ne vais pas vous embellir la vérité, juste pour faire l'éloge d'une décision prise par des élus que je ne connais même pas. Si vous avez envie d'en faire, alors je vous invite à réfléchir au fait que vous ne les connaissez pas non plus. Les élus ne vous remercieront même pas. La gratitude n'est pas souvent présente au sein de la politique... Donc, je m'attendais à humer des pots d'échappements et fus drôlement surpris de me croire instantanément transporté dans une distillerie écossaise de Whisky. Ma première réaction fut de regarder par le pare-brise mais non, j'étais bel et bien toujours à Paris. C'est alors que je compris que l'haleine du fonctionnaire en était la source.

« Bon Dieu, me dis-je, je ne risque pas de m'en débarrasser à la va-vite! »

Tout en chancelant à moitié, l'homme scrutait la banquette arrière. J'étais convaincu qu'il me laisserait filer, car je n'étais pas livreur de Scotch, mais je me trompai.

-Où allez-vous?

-Gare du Nord, je vais chercher des invités venant d'outre Manche. J'ai hâte de leur faire partager notre culture française...

-C'est cela. Culture vinicole par exemple, hein?! Du Bordeaux, du rosé d'Anjou, hein?!

-Entre autre, oui, lui répondis-je en souriant comme le font les présidents sur leur photo électorale.

-Je le savais! Sortez de la voiture! Papiers! Grouillez-vous, j'ai pas que ça à faire! Ah, éthylotest, ça vous apprendra à conduire en état d'alecomie... d'alcolomie enfin en ayant bu quoi, hein?!

Je n'avais strictement aucune idée où il pouvait bien être, je n'avais jamais été contrôlé. Mettant les affaires dans le coffre sens dessus dessous, je finis par le trouver. Je n'ai guère apprécié de souffler dans le ballon avec tous les passagers des voitures pris dans les embouteillages comme spectateurs, mais j'avais lu quelque part, que le ridicule ne tue pas. Évidemment, il était négatif. Cependant, "Hitler", comme je l'avais baptisé dans mon esprit (car l'on baptise toujours des inconnus dans son esprit), ne voulait pas abandonner son objectif de me chinoiser. Il prétendit avoir eu l'ordre de noter toutes les données des voitures sorties de la circulation, me faisant languir pendant un petit quart d'heure. Lorsqu'il revînt, je lui touchai quelques mots. Il m'arrive de ne pas pouvoir me retenir. Je crachai mon venin:

-Pourquoi avez-vous tout noté?! Le fait que je sois en règle ne suffit-il donc pas?!

-Non, sinon l'ordre ne servirait à rien, hein!

-L'ordre... Le sacré-saint-ordre... Si l'ordre vous disait de tirer sur les mendiants en situation illégale, tireriez-vous dessus?

-Bien sûr! Je connais l'ordre, l'ordre a toujours raison,

mon cher concitoyen (il marqua un temps, approcha ses yeux de ma carte d'identité, avant de poursuivre) Pinot.

-Pignault, Monsieur l'agent. Quel lapsus gênant pour un défenseur de l'ordre! Je vois à quoi vous pensez...

-Ah ouais... Pignault...

-Ne voyez-vous pas que je suis pressé, bon Dieu?! Même si votre ordre devait, je souligne bien le devait, toujours avoir raison, à quoi bon l'appliquer sans arrêt pour le simple plaisir d'importuner les Hommes? Ne niez rien, je vois à la lueur de vos yeux que ça vous amuse!

-L'ordre, c'est l'ordre. Partez avant que je ne vous dresse un procès verbal pour insultes à un représentant de l'ordre public dans l'état de ses fonctions!

Je lui arrachai mes papiers de ses doigts, allumai hâtivement le moteur et lui jetai:

-L'ordre vous aide-t-il à mieux vous endormir le soir? Ça vous rend heureux? Si non, alors vous êtes masochiste. Si oui, dîtes-le moi, et je prierai pour l'ascension de votre âme au septième ciel!

Je n'ai pas attendu sa réponse, j'avais perdu assez de temps avec ce pointilleux de première classe.

Arrivé à la gare avec 10 minutes de retard, je m'empressai de garer ma voiture sur la place réservée aux taxis, puis traversai le hall d'entrée de la gare en courant et vis nos trois invités britanniques qui attendaient sur le quai en provenance de Londres. Adèle m'aperçut en premier et s'écria, toute contente de me voir:

« *Mum, dad, look! It's Mister Pignault!* »

En temps normal, je leur aurais fait remarquer que le lieu de rencontre dans une gare est sous les affichages dans le hall, mais j'étais très mal placé pour leur faire quelconque remontrance. De plus, ils étaient mes invités. Je les accueillis dans un anglais pitoyable, tout en présentant mes excuses les plus sincères. Ils étaient ravis de me revoir et John semblait être, à ma plus grande stupéfaction, d'excellente humeur. Adèle avait grandi depuis la dernière fois que je l'avais vue et se trouvait sur la voie de devenir le portrait tout craché de sa mère. Cheveux roux, yeux verts, les cheveux ondulés et d'assez grande taille pour une femme, elle incarnait le cliché type de l'anglaise. John avait, quant à lui, les cheveux gris et des yeux d'un bleu perçant. Il me serra vivement la main et me dit:

« *Mister*, vous n'avez pas bonne mine. Vos rides sont plus marquées et vous avez de réelles poches de pandas sous vos yeux. L'air parisien malsain ne vous réussit pas. »

Ses mots manquaient réellement de tact, je le savais que mes rides s'affirmaient, il n'avait pas besoin de remuer le couteau dans la plaie! Cependant, je ne ripostai pas, jugeant préférable de rire jaune et d'avaler cette couleuvre. Hop! Si seulement il pouvait se contenter de railleries inoffensives, alors les chances que je prenne la mouche n'étaient pas si élevées que cela, mais comme je l'avais déjà vu agir, je craignis fort qu'il ne s'en contente pas.

Voyant Adèle avec deux énormes sacs, je les lui pris et les invitai à me suivre, en leur expliquant que mon stationnement n'était pas spécialement conforme aux règles. Mon instinct ne m'avait pas trompé, déjà un chauffeur de taxi gesticulait furieusement, menaçant de composer le 17. Je démarrai en trombe ce qui donna l'occasion à John de dénigrer "l'impulsivité française" et de vanter le fameux flegme britannique, attribut de tous les habitants insulaires d'outre Manche. Cette fois-ci, je ne pus m'empêcher de contrecarrer l'attaque:

« C'est vrai que, nous autres les français, sommes nerveux et ne disposons pas du flegme britannique, mais il me semble cependant qu'un vrai British Lord ne s'abaisse pas à critiquer quiconque, surtout des êtres aussi pitoyables que les français... Mais dis-moi, Kate, comment était votre séjour aux Baléares? »

« *Horrenduous* » fut sa première réaction indignée.

Elle continua cependant en français. Nous nous étions mis d'accord pour parler la langue du pays à chaque visite. C'est pour cela que je préférais les inviter.

« Nous nous attendions à des vacances reposantes, surtout John qui n'avait pas quitté Londres depuis qu'il avait été opéré. Très vite, nos attentes se sont transformées en désillusion. Nous avons été confrontés à une véritable horde de touristes, la plupart des allemands, ne pensant qu'à rôtir sur la plage pendant la journée et se saouler en faisant la fête tous les soirs. »

John donnait dans le même sens:

« *Oh darling, such disgusting memories...* J'en ai vu un, un matin, en partant faire mon jogging, ivre mort sur le capot de notre voiture. »

Kate poursuivit:

« Il n'y a pas une seule nuit où nous avons pu nous endormir la fenêtre ouverte, tellement il y avait de vacarme au-dehors. Nous avons failli nous asphyxier. »

Je hochai la tête et leur dis que nos cousins avaient, eux aussi, subi les conséquences du tourisme de masse à Narbonne. J'en profitai pour vanter les bienfaits du Bordelais et de son patrimoine culturel. Adèle dressa les oreilles:

« Oh, c'est bien là-bas qu'il y a les belles dunes avec les grandes vagues? »

Je souris et lui répondis que oui, c'était bien là-bas. Décidément, la réputation du Bordelais semblait ne pas connaître de frontières. Adèle avait gardé, elle aussi, un très mauvais souvenir des Baléares et ajouta:

« En plus, les gens étaient très malpolis. Il y a des jeunes qui nous ont montrés du doigt et se sont moqués de nous, parce-qu'on lisait sur la plage. Ils avaient l'air vraiment débiles, un peu comme s'ils n'avaient jamais vu quelqu'un lire. »

J'étais horrifié par la constatation d'Adèle qui, avec sa petite voix, avait un élément quasi tragi-comique. Mais où cette société nous mènerait-elle? Alors que le taux d'alphabétisation ne cessait de croître, celui des lecteurs baissait dramatiquement. Je venais de penser à une citation du chanteur David Bowie: "Plus personne ne lit, ne sort pour découvrir la société dans laquelle ils sont nés. Les gens n'arrivent pas à se concentrer plus de cinq secondes et leur réflexion est aussi profonde qu'un verre d'eau."

"La culture, c'est comme la confiture, moins on en a, plus

on l'étale" dit un dicton. Effectivement, je vais me confesser, voilà, je ne suis pas expert en culture anglo-saxonne. Cependant, je vis du coin de l'œil que John paraissait ébahi que je connaisse cette phrase qu'il traduisit dans sa version originale.

Ne me jugez pas sur ma volonté de l'étaler, j'avais fait une bonne action: John rit de bon cœur comme je ne l'avais jamais entendu rire. Ceci était un véritable exploit personnel! Il me certifia que c'était une de ses phrases préférées.

Kate continua à se plaindre:

« Quand j'avais l'âge d'Adèle, les filles lisaient des livres sur les chevaux et les garçons se divertissaient avec des romans d'aventure. De nos jours, plus rien, c'est comme s'ils n'avaient aucun centre d'intérêt. »

J'étais consterné par la véracité de ses paroles. Je pris la décision de leur faire partager mes appréhensions au sujet de Justine, malgré le fait que j'en fus gêné, étant son père.

-Vous savez, je ne sais pas trop quoi faire avec Juju... Elle a entièrement perdu le goût de la lecture et a réclamé une console en revenant de chez une amie l'autre jour.

-Je ne pense pas que tu dois te mettre martel en tête, c'est un peu normal à leur âge de se rebeller contre l'autorité parentale, Adèle veut aussi arrêter la danse classique pour le hip-hop alors que...

Elle n'eut pas le temps de terminer car Adèle lui coupa la parole:

« Je ne me rebelle pas, c'est juste que j'ai l'air grotesque en tutu rose et que j'ai envie de faire ce qu'il me plaît. Point. »

Je m'amusai intérieurement, les jeunes filles étaient vraiment partout les mêmes. John exprima son désaccord:

« Non, Jean, il faut que tu fasses preuve de fermeté. A ta place, je lui imposerais de lire au moins un livre de littérature par semaine et qu'elle te fasse un compte-rendu écrit pour voir si elle a retenu les éléments essentiels. »

Sa méthode radicale m'indigna profondément. Il ne fallait pas faire de la lecture un supplice, car au fond lire c'était un plaisir, voir même de la masturbation intellectuelle. Néanmoins, je m'abstins de tout jugement car John aurait sûrement pris la mouche, d'autant plus que je lui avais demandé conseil. Je me contentai d'une réponse normande:

« Peut-être vais-je le lui imposer, peut-être que je ne vais pas le faire, mais je te remercie en tout cas... »

La jeune anglaise avait reconnu le groupe scolaire de mes enfants.

« C'est joli, ils ont repeint la façade en rose! »

Je leur expliquai que l'établissement avait reçu, suite à l'arrivée d'un fils de ministre, une subvention de la région. Elle fit remarquer à son père que sa pension en Angleterre n'était pas aussi jolie et qu'elle n'était pas née dans le bon pays. Faisant une moue un peu tristounette, elle était boudeuse et un peu caractérielle sur les bords. Son père ne semblait pas apprécier le dénigrement de son école privée qui lui coûtait plusieurs milliers de livres sterling par an. Elle dit:

« En plus, c'est simple, notre école est comme le ciel, gris chez nous, rose en France. »

L'été dernier, elle était descendue avec nous à Lacanau et

y avait admiré de magnifiques couchers de soleil.

Entre temps, nous étions arrivés et je me mis à chercher un parking, un vrai cette fois! Leur voyage avait été long et ils méritaient un peu de repos. Les retrouvailles furent très chaleureuses, faites à la française et avec quatre bises au lieu des deux habituelles. Notre jeune labrador Pongo leur faisait la fête et ma cadette était aux anges de revoir enfin sa correspondante. Si seulement le goût d'Adèle pour la lecture pouvait déteindre sur ma Juju, ce ne serait pas trop en demander. Une odeur de ratatouille provençale flottait dans l'air. Ma femme s'était appliquée pour nos invités. Je les laissai entre eux et me dirigeai vers notre chambre pour changer de chemise car je ne tenais pas à entendre une remarque de ma fille au sujet de deux grosses tâches de sueur sous les aisselles. Les enfants sont parfois impitoyables avec leurs parents. J'ouvris l'armoire et choisis une chemise d'une marque anglaise pour leur faire plaisir en espérant qu'ils y feraient attention. Je n'avais pas fini de l'enfiler que le téléphone fixe sonna. Qui pouvait bien appeler à cette heure-ci? Je vis le numéro de Samuel s'afficher, le père du copain de Chloé. Je décrochai:

-Allô Samuel?! Ici Jean, enchanté de t'entendre. Que me vaut l'honneur?

-Bonsoir Jean, le plaisir est partagé. Comment vas-tu?

-Plutôt bien, la journée a été ennuyeuse mais là, nous recevons les correspondants anglais de la petite et bon, demain, c'est vendredi. Et toi, ça va?

-Inquiet Jean, très inquiet. Mais je ne veux pas te déranger... Je t'appelle pour te demander si tu pourrais passer manger demain soir chez nous. Je dois te parler de toute urgence, c'est à propos d'une affaire de la plus haute importance.

-Il s'est passé quelque chose de grave?

-C'est une longue histoire que je ne peux pas te développer à la va vite au téléphone. Demain soir vers 19h00, ça te convient?

 N'ayant pas réellement le choix, j'acceptai sa proposition et raccrochai. Je ne l'avais jamais entendu aussi soucieux et préoccupé. Que s'était-il passé? Quelle pouvait bien être cette affaire de la plus haute importance? Et quel était le lien avec moi?

Bien qu'étant tourmenté par cet appel, je pris la décision de passer cet appel sous silence, ne voulant ni paniquer ma femme hypersensible, ni plomber l'ambiance. Je touchai du bois, mais jusqu'à présent, l'entente avait été presque cordiale avec John. Mes enfants m'appelaient de la salle à manger. Je finis d'enfiler ma chemise et revins dans le salon. Ils étaient déjà tous attablés lorsque je me joignis à eux. Il était écrit que je n'arriverais pas à l'heure! Le repas ne s'annonçait pas frugal: foie gras Delpeyrat, melon de Châtillon, ratatouille-poulet accompagné d'un champagne De Frérembourg. J'étais enchanté que ma femme se soit appliquée comme pour un jour de fête. D'ailleurs, quelle sottise viens-je d'écrire, cette soirée était un jour de fête! Douée comme elle l'était, elle aurait aisément pu devenir pâtissière ou cuisinière étoilée, mais absorbée par son travail, son engagement pour la planète et les enfants, elle ne trouvait que très rarement l'occasion de déployer son talent. En tant que fin gourmet à peine capable de faire cuire des pâtes, cet atout de ma femme était une véritable bénédiction. De ce côté-là, nous formions le couple idéal qui se complète, tel le Yin et le Yang. Kate la félicita:

-Votre ratatouille est succulente! Ça nous change de notre monotone fish and chips!

-Ne dites pas cela, personnellement j'adore votre fish and chips!

-Quand on est touriste, on apprécie, mais quand on en mange toutes les semaines ça devient écœurant!

Je vis Adèle opiner démonstrativement de la tête. Les yeux de John tombèrent sur notre piano.

« Alors, on est toujours aussi passionné par Chopin et Vivaldi? » me fit-il en clignant des yeux.

Nous partagions la passion de la musique classique et il savait que, bien que je sois un grand amateur, je peinais à jouer correctement, m'y étant mis, seulement il y a trois ou quatre ans. Ma réponse fut honnête:

« Affirmatif, mais toujours aussi gauche à jouer un morceau sans canard. »

Il rit à en avoir les larmes aux yeux, c'était déjà la troisième fois depuis son arrivée! Hugo, qui n'avait pas encore ouvert la bouche de la soirée, semblait visiblement ennuyé de la présence de nos invités. Il était aux aguets depuis que je lui avais formellement interdit de sortir plus de deux fois par mois, se déchaînait et se vengeait perpétuellement.

« Wesh Pa, il est où ton délire avec la musique classique? Faut être taré pour aimer faire quelque chose où on est nul. »

J'étais outré par cette vulgaire énormité! J'en avais certes déjà vu des vertes et des pas mûres, mais mon fils devenait de plus en plus outrecuidant et irrespectueux. Je n'étais pas arrivé au bout de mes peines... Justine cracha d'un seul coup, et sans avoir crié gare, toute sa haine qu'elle devait avoir accumulée depuis un bout de temps:

« Franchement, t'es vraiment mal placé pour ouvrir ta bouche, car le graffiti que t'as fait avec Momo sur le préau de l'école est vraiment affreux. Affreux et naze, comme ta vie en fait. Il est tellement moche que même le proviseur veut voir Papa. Et t'as pas besoin d'écarquiller les yeux comme un dérangé, je dis juste la vérité. »

Je me sentis passer par toutes les couleurs de l'arc-en-ciel. J'étais à deux doigts d'éclater, mais réussis à me contenir, voulant éviter de plus gros dégâts devant nos invités qui, gênés par cette scène de famille, n'osèrent s'en mêler. Je sommai Hugo de quitter la table et de rejoindre immédiatement sa chambre. Il ne perdrait rien pour attendre... Il m'obéit et foudroya Justine du regard en se levant.

Kate fit semblant d'ignorer totalement cet incident et proposa que nous trinquions. Depuis toujours, j'admire la capacité des femmes à changer le sujet de conversation. Je levai ma flûte et déclarai:

« *Cheers my friends, to France and Great-Britain. But specially to our friendship!* »

32

Le champagne était divin, je me félicitai d'avoir conservé Arnaud De Frérembourg, propriétaire de terres en Champagne, comme ami. Il nous avait spécialement livré une petite trentaine de bouteilles de sa dernière cuvée. John m'interrogea:

-Comment marchent les affaires?

-Ma foi, je ne peux pas me plaindre... J'ai été promu chef de service en février dernier, j'ai bouclé une belle affaire aujourd'hui, mais je suis un peu en retard sur un projet de développement durable. Mais globalement, je peux dire que ça marche. Et les tiennes?

-Excellentes, mon ami. Notre entreprise a commencé à exporter ses vêtements dans onze nouveaux pays à l'étranger et j'ai reçu une belle promotion pour mon jubilé de 20 ans dans l'entreprise.

-En parlant d'entreprise anglaise, il faut que je tu saches que j'ai également acheté tout un lot d'actions de "Hupsley and Sons", une compagnie anglaise spécialisée dans l'électronique.

-Honnêtement, je pense que c'est une très mauvaise idée d'investir dans des actions de Grande-Bretagne en ce moment. Écoute mon conseil, revends les aussi vite que tu les as achetées.

-Pourquoi? Qu'est-ce qui te fait dire cela?

-Notre économie est plus menacée que jamais. Dans un peu plus d'un mois, le 23 juin, nous avons notre référendum proposant la sortie de la Grande-Bretagne de l'Union Européenne. Il y a de fortes chances que le oui l'emporte. Ceci entraînerait une chute dramatique de la livre sterling.

-Es tu sûr que le oui le remporte réellement? Je croyais que les sondages prédisaient une victoire du non...

-Il ne faut jamais croire aux sondages, car tu ne sais pas combien et qui a payé pour ces "résultats". Personne ne peut vraiment les vérifier par ailleurs. Tu devrais le savoir puisque tu baignes dans le monde des finances. Ce Brexit est une réelle menace pour nous tous. Crois-moi, revends tes actions dès que possible.

-Tu as peut-être raison, ce Brexit ne m'inspire guère non plus. Mais je pense qu'il y a aussi des bons côtés, c'est peut-être l'occasion pour l'Europe de comprendre que ses fonctionnements sont à revoir immédiatement, si elle veut survivre à long terme. L'Europe doit redémarrer pour être en mesure de tenir tête aux autres puissances économiques.

John fit part de son scepticisme.

« Non, je pense que nos fortunes auront déjà fait naufrage et reposeront en paix dans la Manche, le temps que l'Europe réagisse. »

Après tout, il avait peut-être raison, nos politiciens n'étaient pas les meilleurs et probablement pas assez réactifs pour résoudre une crise de cette ampleur. Les temps des grands hommes politiques, comme Charles De Gaulle ou encore Winston Churchill, étaient peut-être révolus. Je donnai raison à John, préférant quitter le terrain miné que constitue une discussion politique entre amis, et réorientai la conversation vers des banalités.

J'avais bu trop de champagne car je commençai à avoir

mal à la tête. Une multitude de pensées me troublait. La révélation de Justine, l'attitude de Hugo, le projet sur le développement durable qui n'avançait pas, le contrôle du policier ivre, l'inquiétude de John et l'appel inattendu de Samuel: toutes ces pensées s'entrelaçaient de manière désordonnée dans l'abîme de mon cerveau. Le restant de la soirée, je fus incapable de suivre le cours de la conversation. Quand le fromage et le café furent enfin terminés, nos amis anglais virent que j'étais sur le point de m'endormir et se préparèrent pour aller se coucher. Constatant que mon chien avait encore un besoin pressant, je sortis avec lui pour faire le tour du pâté de maison. C'était certes un brave chien, mais je trouvais inadmissible que ma femme et mes enfants me forcent à le promener, alors que je travaillais d'arrache-pied pendant toute la journée. D'abord, mes enfants avaient réclamé "On veut un chien", puis au bout de seulement quelques semaines, il n'y avait plus personne pour s'en occuper. Je ne savais pas ce que j'avais fait pour atterrir dans une famille irresponsable à ce point-là. Trouvant la nuit de mai un peu fraîche, je raccourcis notre circuit. De retour à l'appartement, je fus étonné de trouver tout le monde au lit et toutes les lumières éteintes. Exténué, je m'endormis pour récupérer un peu, avant vendredi 13, qui allait sûrement être aussi une journée fatigante, quitte à devenir même décisive sur certains points.

Chapitre III: Pressé

La sonnerie de mon réveil sur *"Wake me up"* me délivra d'un affreux cauchemar d'une absurdité excessive. J'ai toujours été sujet aux cauchemars depuis ma plus tendre enfance qui font pâtir la qualité de mon sommeil. Monsieur Kohl, mon médecin, m'avait certes prescrit des comprimés sensés améliorer le sommeil, mais ils ne servaient strictement à rien. Je ne devais pas oublier de lui en réclamer de plus efficaces. Mon agitation interne actuelle n'était pas un facteur atténuant. Silencieusement, je me redressai sur mon lit pour ne pas réveiller ma femme qui dormait paisiblement. Je pris une douche on ne peut plus rapide, et me vêtis d'une chemise à manches longues, car les prévisions météorologiques prédisaient un vendredi à l'image même de la veille. Je m'observai dans la glace. John avait raison, je n'avais pas bonne mine: mes tempes grisonnantes envahissaient petit à petit les restes de ma chevelure naguère brune. Je mis la cafetière en marche tout en m'assurant que la dose de caféine serait assez forte pour me tenir éveillé jusqu'à la pause de dix heures. Justine et Adèle commençaient leur journée plus tard, Léa avait pris un jour de congé pour faire découvrir le château de Versailles aux anglais, j'avais donc l'occasion de pouvoir passer un savon, en tête à tête, à Hugo. Il ne se fit pas attendre et arriva, en traînant les pieds, la tête baissée.

-Bonjour. Daigne poser ton auguste postérieur, j'ai à te parler.

-Mais Pa', j'ai pas commis de crime. C'était juste pour déconner.

-Assieds-toi nom de Dieu ! Et ne m'appelle plus Pa', mais Papa. Ai-je été assez clair? m'écriai-je.

La colère est certes réputée comme étant une mauvaise conseillère, mais un remède très utile, voir le seul rentable, pour intimider un gosse écervelé de seize ans en pleine crise d'adolescence. Il prit place, penaud et contraint de se soumettre.

-Je te jure qu'il y a méprise Papa, j'ai certes tagué un truc, mais je n'ai pas tagué ce dont ils m'accusent.

Au lieu de tirer la situation au clair, le brouillard s'épaississait. Patient, je lui ordonnai:

-Je ne comprends rien à rien de ce que tu me racontes là. Alors, tu vas m'expliquer tout, de manière distincte et dans le moindre détail. Tu sais très bien que Papa finit toujours par découvrir la vérité.

 Il se racla la gorge et commença:

-Alors, mardi après-midi, après les cours, Momo et moi on est resté encore un peu pour réviser pour notre contrôle commun de la semaine prochaine.

-Autrement dit, pour bavasser un peu sur tout et n'importe quoi tout en ayant ouvert un cahier, quitte à donner l'impression d'être quelqu'un de sérieux... Vas-y, continue, excuse-moi, je n'ai pas pu me retenir.

- Donc, on était assis dans le hall lorsque Marc et Sébastien, deux terminales, se sont dirigés vers nous. Ils avaient acheté du spray à graffiti et nous ont demandé si on voulait venir avec eux pour taguer le mur du préau. Moi j'étais...

-Popopo... Moi je, moi je... Ça ne se dit pas mon fils!

-Pardon Papa... Au début, j'étais un peu réticent, parce que j'ai pensé au conseil de classe juste après les vacances. Mais Momo étant partant, je me dis que je ne pouvais pas le laisser seul, donc je l'ai suivi.

-Bel esprit d'équipe... Donc, tu préfères sombrer avec ton équipage, plutôt que d'avoir le courage de le convaincre de changer de cap... C'est un peu ça?

-Euh... non, mais toujours est-il que nous sommes sortis avec eux et j'ai tagué "PSG Forever". Les terminales ont fait "ACAB". On a entendu des pas, c'était Monsieur Licheret, le vieux prof d'histoire. Les grands ont eu le temps de se cacher. C'est pour cela qu'il n'a vu que Momo et moi. Le proviseur m'a dit hier qu'il désirait te voir aujourd'hui à 13 heures.

Je bus lentement une grande gorgée de café, dégustant une bouchée de tartine jambon-beurre et, tout en fixant mon fiston, je lui dis:

-Tu sais, quand j'avais ton âge, je n'ai pas été Saint-Jean en personne non plus. Mais au moins, je ne me laissais pas prendre sur le fait. C'est incroyable! Qu'est-ce que tu peux bien être crétin! Et ça veut dire quoi "ACAB", au juste?

-Ça... ça vient de l'anglais, c'est une abréviation pour All Cops Are Bastards...

Je n'en revenais pas et perdis mon sang-froid, quitte à oublier que les autres dormaient encore:

-Comment peux-tu être aussi inconscient d'avoir suivi comme un mouton des voyous pareils? Tu es la honte de la famille! Qu'ai-je fait au bon Dieu pour mériter un fils qui n'a pas tenu compte de l'éducation qu'on lui a donnée? Sais-tu que, si cette histoire s'ébruite, ma réputation sera ruinée? Tu y as déjà pensé?! Que vais-je dire à mes collègues?! Mon meilleur ami, Monsieur Trichard, est représentant des parents d'élèves en seconde.

-C'est pas la tienne de réputation, Papa. C'est moi qui ai fait la bêtise, pas toi.

-Oui, mais jusqu'à nouvel ordre et preuve du contraire, je suis ton père et malheureusement responsable de tes sottises.

Il me regarda ébahi avec des yeux tout ronds. Lentement, je retrouvai mon état normal:

-Ça va être facile de prouver que le "ACAB" ne vient pas de toi, même si l'autre est déjà assez punissable en soi. Comment comptes-tu préparer ta défense?

Je soupirai, le cas était vraiment désespérant. Visiblement, il s'en repentait au moins, car il me supplia :

-J'en sais rien, Papa, mais je t'en prie, défends-moi! Trouve quelque chose de valable! Je te jure que je ne recommencerai plus. Tu as toujours pleins d'idées quand tu arnaques tes clients et que tu écris tes pavés pour les intellectuels...ça ne devrait pas être trop dur pour toi...

-Ah, on compte sur le secours de Papa, sauf qu'un jour Papa ne sera plus là pour te sortir du pétrin. Il faut que tu grandisses un peu... l'avertis-je.

-Papa, comme je viens de te le dire, je te jure que je ne le ferai plus. S'il-te plaît, fais quelque chose, sinon Salomé ne m'adressera plus jamais la parole. Elle a horreur des mecs vulgaires.

Son intervention me mit la puce à l'oreille. Salomé m'avait fait l'impression d'être une fille bien et honnête. Quand Justine m'avait confié, qu'en espionnant son grand frère, elle avait appris qu'il tournait autour d'elle, j'avais sauté de joie au plafond, rassuré d'apprendre qu'il tenait au moins une chose de moi, le goût pour des filles convenables. Je lui promis de faire de mon mieux, mais je l'informai que cela n'empêchait pas le fait que je lui inflige une lourde sanction.

J'ajoutai:

« Tu me déçois de suivre si naïvement les autres. Ça ne te dirait pas de mener la danse, au lieu de la voir menée par d'autres? Je ne te dis pas d'organiser des conneries, mais des choses sensées. C'est concevable? »

Il hocha la tête et je le laissai terminer ses céréales au lait, espérant avoir planté correctement une graine. Parfois, les Hommes plantent des graines et s'étonnent de la fleur. J'espérais ne plus avoir à m'étonner, surtout en ce qui concernait mes enfants.

Parvenu au bureau, je relus méticuleusement les conditions que mon projet devait avoir. J'avais croisé mon chef dans le couloir qui m'avait demandé comment les choses avançaient. Depuis mes années au Lycée, j'avais pris l'habitude de toujours tout faire et finir au dernier moment.

Étant soucieux de ne jamais inquiéter personne, j'avais enregistré sur un disque dur, gravé dans mon cerveau, la chanson "Ça avance, tout sera terminé à temps." Je touchai du bois, mais jusqu'à présent, ce disque n'était jamais tombé en panne. En quatre heures, je devais développer et rédiger un projet pertinent, alors que 99% du restant de la population mondiale s'y serait pris à temps pour ne pas avoir à courir. Ma femme avait dû me répéter une bonne centaine de fois que le lièvre perdait la course contre la tortue, mais visiblement je ne prêtais jamais l'oreille à ses recommandations.

J'avais déjà pensé à insérer le conseil de ne pas faire marcher les cheminées pendant la nuit, mais je me rappelai que nous devions faire croire à la concurrence, que nos ouvriers s'acharnaient à travailler 24 heures sur 24. J'étais en train de mordiller un stylo et de fixer le plafond, tout en espérant que les idées dégringolent du ciel, lorsque mon portable vibra. Je vis le numéro de ma femme s'afficher et décrochai. Elle avait oublié où étaient rangés nos tickets pour le château de Versailles. Je lui répondis qu'ils se trouvaient à côté des cartes postales de notre voyage de noces en Floride. Par la même occasion, je l'informai que je dînerai chez Samuel en soirée et qu'elle ne compte pas sur ma présence de si tôt. Nous nous souhaitâmes une bonne journée avant de raccrocher.

D'un seul coup, j'eus une illumination! Mais oui, notre voyage de noces aux États-Unis! Je fis le lien avec la situation présente: mon chef était un véritable adepte du *"American Way of Life"*. Son menu préféré se nommait *"Big Mc Classic"*, sa série fétiche *"Breaking Bad"* et il adorait discuter des derniers transferts et résultats de la NBA. Mon projet devait plaire à mon chef. Le reste était secondaire. Pas si facile que ça quand on porte la plupart du temps du *"made in France"*, que l'on est passionné par la littérature, le tennis et la musique classique... Mais bon, il fallait que je me dise, qu'impossible n'est pas français...

Je me mis à la rédaction du descriptif de mon projet que j'intitulai "Vert à l'américaine". La nouvelle idée, que je venais d'avoir, était bien plus innovante que les quelques autres précédentes qui étaient restées à l'état initial. Je proposai littéralement une restructuration radicale de l'entreprise pour améliorer la productivité théorique tout en diminuant le nombre d'heures de travail des ouvriers afin de baisser nos dépenses. Avec l'argent économisé, nous pourrions alors rénover l'entreprise selon les normes sociales, écologiques et durables quittes à recevoir des subventions d'organisations non-gouvernementales engagées pour l'environnement. Si vous n'avez pas compris les dernières phrases, je vous assure que ce n'est pas grave. D'ailleurs, vous n'en avez pas besoin pour poursuivre la lecture.

Mon projet tenait la route, mais malgré tout, je n'étais pas sûr de l'issue. Lors de notre réunion sur l'heure de midi, j'eus à peine le temps de lire le titre et exposer deux phrases de mon introduction, où je n'avais pas manqué de me référer à l'américain Henry Ford, que mon chef se leva précipitamment de son fauteuil. Il vînt vers moi, me serra chaleureusement la main et me félicita de l'ingéniosité de mon idée. Monsieur Meyer avait eu le coup de foudre pour un titre et deux phrases d'introduction hâtivement griffonnées. Il faisait partie des chefs qui jugeaient un projet sur une introduction, sans même se donner la peine de l'écouter en détails. Heureusement qu'il existe des employés qui réfléchissent, sans quoi, certains chefs se verraient fort étonnés de découvrir un contenu miteux se cachant derrière de nobles apparences. Je le remerciai infiniment de m'avoir mis à l'honneur en me confiant une tâche si délicate, et fus heureux de le quitter, ne me sentant jamais tranquille en sa présence.

Je mangeai une bricole à la cafétéria de l'entreprise et me rendis par le plus court chemin au Lycée de mes enfants. Si je voulais désamorcer une sanction grave, qui risquait de nuire à ma bonne réputation et de pulvériser les rêves amoureux de Hugo, je n'avais aucun intérêt à arriver en retard au rendez-vous avec le proviseur. Bien qu'étant un père attentionné à l'égard de ses enfants, je n'avais jamais foulé le sol du lycée pendant les heures de cours. C'est pour cela que je fus décontenancé par le spectacle qui se présenta à mes yeux en franchissant le portail de la cour de récréation. Je vis d'innombrables élèves fixer des écrans, soit assis, soit en marchant, avec un dos voûté comme un arc gothique. Pas de jeux de ballon, pas de tables sur lesquelles les élèves mangeaient des pizzas en discutant, pas de rires, pas de pleurs, pas de couples qui s'embrassaient... Ce qui me frappa particulièrement, c'est que mis à part quelques fumeurs rassemblés sous le préau, où je reconnus de loin les tags en question, personne ne semblait se parler. Un groupe de garçons s'était attroupé autour d'un de leur camarade qui gesticulait avec un portable en main. Je compris grâce aux onomatopées qu'ils poussaient, qu'il jouait à un jeu de guerre. Plus loin, des filles filmaient une de leur copine qui se maquillait. J'avais déjà vu apparaître ce genre de vidéos sur mon feed d'actualité de Facebook, il s'agissait d'un tutoriel de maquillage. En passant à leur hauteur, j'en entendis une se vanter:

« J'ai 4 abonnés Instagram de plus que toi, maintenant, je suis plus populaire et meilleure... »

J'étais consterné par l'absence de sens de cette déclaration et commençai à redouter le moment où Justine aurait à son tour 16-17 ans. Chloé ne s'était jamais abaissée à pareille chose, mais Justine, naïve et influençable, ne valait pas sa grande sœur. L'élément manquant que je regrettai le plus était l'absence de flirt entre garçons et filles. Je me souvins avec nostalgie de Prunelle et de mes années au lycée. Jamais je n'aurais eu l'occasion de l'aborder, si j'avais été tellement obnubilé par un appareil électronique de la sorte. Depuis quelque temps, il n'y avait plus l'ombre d'un doute que je vieillissais. Peut-être que les anciens temps étaient-ils révolus pour de bon...

Je me présentai au secrétariat en expliquant que j'avais

un rendez-vous avec le proviseur. La secrétaire m'invita à attendre dans le couloir car elle ne voulait pas déranger le proviseur qui n'avait pas fini son dessert. Décidément, soit j'arrivais en retard, soit j'arrivais à l'heure et étais obligé d'attendre... Tel un ours en cage, je faisais les cent pas dans le couloir quand mon attention fut attirée par des voix qui s'élevaient. Deux élèves se moquaient d'une de leur camarade qui était légèrement plus enveloppée que les autres. Ils confrontaient la pauvre gamine à des photos de diabétiques pour la rabaisser. Les deux compères semblaient passer un bon moment à ricaner de l'impuissance de la "grosse", comme ils venaient de l'appeler. Leurs rires me parurent inhumain à l'égard de cette fille. Ne connaissaient-ils donc aucune valeur morale? Je me souvins que j'avais toujours traîné les pieds, étant jeune garçon, pour aller au catéchisme, mais à posteriori, j'étais reconnaissant envers mes parents de m'avoir permis de recevoir une éducation incitant à la tolérance. La dite "grosse" ne daigna même pas se défendre et se résigna à son sort de "grosse", probablement convaincue par les stéréotypes de la société que les "gros" étaient voués à l'échec et à être la risée des autres. Introvertie et manquant de confiance en elle, la fillette et sa réaction déchirèrent mon pauvre vieux cœur.

J'étais sur le point d'intervenir quand le proviseur ouvrit la porte de son antre pour me laisser entrer. L'accueil fut glacial, tout à l'image d'une pièce peu accueillante. Les murs étaient d'une blancheur à en oublier l'existence des couleurs. Les étagères étaient décorées de quelques coupes remportées par l'association sportive du lycée, ainsi qu'un diplôme du proviseur. Au milieu d'un bureau méticuleusement rangé, trônait un ordinateur datant du début des années 2000. J'avais rarement vu un endroit autant en ordre, mis à part peut-être notre salle à manger quand nous recevions la visite de la belle famille. Sa tenue corporelle traduisait une maniaquerie excessive, preuve d'un profond mal-être. En 22 ans de vie conjugale, ma femme m'avait donné de nombreux cours de psychologie, tantôt à table, tantôt au lit, et m'avait expliqué que paradoxalement, il fallait essayer de jouer sur les sentiments avec des personnes donnant l'impression de ne pas en avoir. La difficulté était de les discerner. Bien qu'étant docteur en économie et auteur de théories économiques, je me vis obligé d'endosser momentanément la veste de psychologue pour déculpabiliser un fils inconscient de ses actes.

Une fois de plus, j'avais la preuve que la vie n'était en sorte qu'une longue pièce de théâtre, parsemée de plusieurs entractes durant lesquels nous, Hommes, devions changer de rôle.

Je débutai timidement pour sonder ce terrain houleux:

« Monsieur Lambert, mon fils m'a raconté les fâcheux événements qui se sont déroulés et vous prie de bien vouloir accepter ses excuses les plus sincères. Il réfute cependant de ne pas avoir tagué le "ACAB". »

« Cher Monsieur Pignault, certaines actions sont inexcusables et passibles de lourdes sanctions. »

Son terme "inexcusable" était démesuré. Un des principes d'une éducation sensée est de ne jamais condamner entièrement un jeune. Elle m'amena à l'hypothèse que lui, plus jeune, avait subi une éducation trop rigide. Devenu vieux, il avait décidé de se venger d'un climat austère, en enfilant, à son tour, la veste du bourreau. Quelque part, mon raisonnement tenait la route et je le laissai continuer.

-Et si nous fermons un œil, les coupables croiront avoir carte blanche pour récidiver.

-Il faudrait quand même différencier. Après tout, il n'est pas l'auteur du "ACAB"... Il s'est juste laissé entraîner...

-Nous ne lui reprochons plus le "ACAB" car il se trouve, qu'une surveillante ayant observé la scène du balcon, l'a disculpé de cette accusation-là. Le réel problème est qu'il a fait une fugue avec son ami Mohammed, en escaladant le grillage.

Je tressaillis, Hugo ne m'avait donc pas tout dit! N'avait-il pas honte de mentir à un tel point à son père qui se saignait les quatre veines pour lui? Cependant, je fis semblant d'être au courant, étant conscient que cette histoire pouvait nuire à ma réputation. Parfois, il est prudent de faire croire que l'on sait, ou inversement que l'on ne sait pas. Ne laissez pas toujours regarder les autres dans vos cartes...

Il ne perdrait rien pour attendre et cette fois-ci je jurai les grands Dieux de le punir en conséquence pour avoir abusé de ma confiance. La bêtise est pardonnable, mais la malhonnêteté ne l'est pas. Je dis:

« Voyons, ceci est évidemment bien bas de sa part et pitoyable. Je suis d'autant plus déçu que je ne l'ai pas du tout éduqué à avoir un tel comportement. Mais enfin, je pense qu'il vaudrait mieux le raisonner, plutôt que de lui infliger une sanction dont il se souviendrait avec rancœur. Connaissez-vous le proverbe le bâton ne vaut pas la raison? »

Il devint écarlate, un peu comme les feuilles des érables en pleine effervescence de l'automne. Touché, me suis-je dit, tout en me félicitant intérieurement de la perspicacité de mon analyse psychologique. Je renchéris, ayant vu une porte de secours, celle de faire semblant d'avoir été dans la même situation que lui.

« Personnellement, j'ai eu des parents très sévères qui ne toléraient aucun écart de ma part. Étant jeune père, j'ai été très sévère avec ma fille Chloé, mais ceci faisait remonter des souvenirs désagréables en moi. Avec le temps, j'ai pris la décision de ne pas faire les mêmes erreurs que mes parents. Ceci m'a fait du bien. »

Je n'ai jamais été un menteur pour tromper des personnes en ayant une mauvaise intention, mais mentir pour une bonne cause a toujours été une voie tout comme une autre. Je venais, à coup sûr, de provoquer un tremblement de terre au plus profond de lui-même, mais ça ne pouvait que le changer de manière positive. Il était bouche bée de ma "révélation" sur mon passé, et bégayait:

« Je... enfin moi... mes parents ont aussi été très durs avec moi. »

Je fis semblant d'ignorer son aveu, ne voulant pas non plus abuser de la situation. Je ne devais pas oublier qu'il avait le pouvoir de sanctionner mon fils. Des conseils supplémentaires auraient pu s'avérer contre-productifs et être pris pour de la condescendance.

« Je pense, qu'à titre personnel, ce sera un bienfait pour Hugo de voir que l'indulgence existe encore, mais qu'il ne peut pas tout faire. Infligez-lui des heures de travaux d'intérêt général par exemple. Si vous êtes un littéraire, alors exigez de lui une dissertation dans laquelle il expliquera pourquoi il s'en repent et quelles sont ses bonnes résolutions pour ne pas répéter les mêmes erreurs au futur. »

Mes paroles l'avaient visiblement profondément bouleversé, il en avait les larmes aux yeux. Gêné, il s'empressa de m'assurer que la rédaction lui paraissait être une excellente idée et me congédia. Quelle victoire des émotions sur l'impassibilité! Lui, il y a encore de cela dix minutes, hermétique à toute supplication, venait de jeter son gant de fer! Je ne pouvais cependant pas célébrer cette victoire car Hugo m'avait caché un élément crucial. J'avais pris l'habitude, et ce depuis des lustres, de me méfier des gens, mais je ne supposais pas la trahison aussi proche de moi. Une sensation de dégoût m'envahit, à la pensée d'être le père d'un fils si perfide. Qu'avais-je donc fait pour mériter un énergumène pareil?!

Chapitre IV: Dans le pétrin

Cela faisait presque quatre mois que je n'avais pas rendu visite à Samuel, et quoique nous nous entendions à merveille, nous avions rarement eu l'occasion de nous voir. Nos plannings ne concordaient aucunement. Fils d'un immigré juif cordonnier, venant de Roumanie, il avait grandi dans la pauvreté, avant de gravir petit à petit tous les échelons de la société grâce à l'école. Chercheur renommé en médecine, il avait réussi à s'enrichir de manière considérable en ayant contribué à la mise en vente d'un médicament contre l'hépatite B. Marié à une ex-députée au parlement européen, ils avaient amassé à eux deux une fortune respectable, voir même colossale, et leur nom se trouvait listé parmi les cinq-cents premières fortunes de France. Le renom de Samuel ne s'était pas arrêté aux frontières de l'Hexagone. Différentes industries pharmaceutiques souhaitaient devenir productrices de son remède contre l'Hépatite B qu'il avait nommé, en honneur à son nom de famille, le "Bluminacétol". Lorsque Chloé m'avait annoncé que son nouveau petit copain était le fils de Blum, j'avais un peu appréhendé qu'il me considère, en tant qu'auteur d'ouvrages d'économie, avec dédain. Les scientifiques et les économistes sont réputés comme étant chiens et chats. Beaucoup de réputations ne sont pas fondées, mais à mon humble avis, celle-ci n'en fait pas partie. Je fus agréablement surpris et rassuré que Samuel soit resté un homme modeste malgré l'énorme succès qu'il avait eu, contrairement à Sylvio qui m'avait profondément déçu. Fils unique, il avait toujours vu ses parents céder au moindre de ses caprices et était devenu ce qu'on appelle, dans le langage courant, un „pourri gâté". Son parcours scolaire? Un véritable échec, non pas par manque de capacités, mais par fainéantise et manque de volonté. Âgé de 22 ans, il possédait une voiture de course, un yacht à Monaco et une villa à Juan-les-Pins, sans avoir travaillé une seule demi-journée depuis qu'il avait obtenu le bac grâce à la clémence du jury et à l'indulgence envers le fils d'un scientifique renommé. Il incarnait le portrait type du fils à papa. Je n'avais jamais fait de remontrances à Samuel concernant l'éducation de son fils, ne voulant pas me mettre un homme si puissant à dos. Nos deux familles se situaient, en matière d'éducation, aux antipodes. Mes enfants m'avaient toujours vu travailler à des ouvrages d'économie de manière sérieuse et ne baignaient pas dans la pourriture qu'est le luxe. L'éducation, que je leur transmettais, était basée sur les principes vertueux de la méritocratie. De par le passé, je n'avais pas réellement eu l'occasion de m'en occuper, trop absorbé par mon travail primordial. Mais ma femme était une personne consciencieuse qui les éduquait comme j'aurais souhaité le faire. J'avais habilement glissé à l'oreille de Chloé que Sylvio n'était pas du tout le genre de fiancé qu'il lui fallait, mais elle m'avait assuré qu'il avait ses bons côtés, et qu'au fond c'était un doux et paisible agneau. Il est vrai que les apparences peuvent être trompeuses, mais même en faisant le plus gros effort du monde, j'avais du mal à me l'imaginer ainsi. C'est ainsi que j'avais essayé de lui expliquer qu'il n'avait rien à faire à la maison. J'aurais préféré un garçon équilibré, féru d'économie ou autre discipline sérieuse. Chloé avait pris la mouche face à ma réaction. On ne se méfie jamais assez. Son père avait réussi dans la vie, mais lui ne ferait que profiter de ce mérite. J'espérais, au fin fond de moi-même, qu'elle n'aurait pas l'idée de se marier avec lui et qu'ils se sépareraient un jour ou l'autre . Il faut que vous sachiez que je désirais un beau-fils ayant les pieds sur terre.

L'invitation de Samuel me décontenança, d'autant plus que le vendredi soir était le Sabbat, le jour de fête chez les juifs. Je n'avais strictement aucune idée des événements qu'il avait qualifiés d'inquiétants et choisis d'appeler ma fille aînée, qui était peut-être au courant de quelque chose. Il était presque deux heures de l'après-midi, avec un peu de chance, leur pause n'était pas encore terminée. Effectivement, elle décrocha: - Coucou Cloclo, c'est Papa. Samuel m'a téléphoné, hier soir, et m'a dit qu'il voulait me parler d'une affaire de la plus haute importance.
- Papa, je serai présente au repas, ce soir, et nous t'expliquerons l'affaire. C'est une très longue histoire et tu me vois dans l'impossibilité de te l'expliquer, illico-presto au téléphone. Vas-y, bises! Je dois te laisser, je n'ai plus d'unités.   Crac!
Non, ce n'était pas vrai! Elle ne pouvait pas me raconter

un mensonge pareil, je n'étais pas dupe. Il y avait apparemment une chose qu'elle voulait me cacher... Je voulais en avoir le cœur net et ouvris l'application WhatsApp, elle était encore en ligne... Très attristé et fâché de son excuse, je me remis au travail qui s'amassait sur un coin de bureau. En repensant à celui du proviseur, je me félicitai de ne pas à avoir besoin d'un bureau vide pour m'y retrouver. Il y régnait certes un désordre hors du commun, mais l'essentiel était que je m'y retrouve. J'exécutai plus rapidement que d'habitude mes tâches pour pouvoir partir à l'heure, quitte à les bâcler. Trichard vit que je n'étais pas dans mon assiette. Il en profita pour le signaler à mon chef qui prit ma défense en lui assurant que je pouvais faire quelques écarts, étant donné que j'avais présenté un projet ingénieux. Je trouvai la démarche de mon collègue particulièrement mesquine.

Vers 19heures, je me rendis en voiture chez Samuel, impatient d'apprendre les choses qui me tourmentaient depuis la veille. Il demeurait dans une villa d'un quartier aristocratique. C'était un véritable chef-d'œuvre architectural datant de l'époque haussmannienne. Sa construction se distinguait des autres par une luxueuse véranda et un splendide parterre de fleurs qui procuraient un charme supplémentaire. Le tout était entouré d'un vaste jardin, donnant l'impression de se trouver dans un domaine de campagne, et non à Versailles même. L'ayant conçu lui-même, cet homme était non seulement un génie de la médecine, mais aurait pu être tout aussi bien architecte. Bien qu'étant un profane, il n'y avait pas un seul élément que j'aurais assorti différemment. Je garai ma voiture près de sa grille et le vis de loin fumer une cigarette en faisant les cents pas. Ne l'ayant jamais vu ainsi, je me dis immédiatement qu'il devait être sur le qui-vive. Je l'interpellai, il jeta précipitamment son mégot dans un cendrier sur le rebord d'une fenêtre et se dirigea vers moi.

-Ah Jean, enchanté de te revoir! Ça faisait longtemps!

-Bonsoir Samuel! Merci pour l'invitation! Je te la rendrai d'ici peu, je te le promets!

-Oh non, ce n'est rien! Les jeunes se sont déjà installés sur le divan, dans notre salon, devant la cheminée. Ma femme est partie ce matin pour rendre visite à des agriculteurs, en vue de sa campagne électorale. Elle a besoin de manière impérative des voix des paysans, c'est une visite incontournable ! J'espère juste qu'elle ne sera pas trop mal logée.

-En général les paysans qui accueillent les hommes politiques y mettent du leur, car ils voient loin. Ne t'inquiète pas, elle sera logée comme une reine! lui affirmai-je en lui tapant amicalement sur l'épaule.

-Au moins, nous pourrons discuter plus tranquillement...

Je ris. Sa femme était une politicienne qui ajoutait toujours son grain de sel et il était très difficile de ne pas mal prendre ses remontrances. Nous traversâmes le jardin et il me fit rentrer dans sa somptueuse demeure. Cela faisait des années que je n'avais pas vécu des Saints de Glace aussi rudes et je sentis un rhume monter. J'accrochai mon pardessus au porte-manteau dans le couloir, ne prenant que ma mallette. Ma fille et son copain étaient assis sur un divan autour d'une table basse et se levèrent lorsqu'ils m'aperçurent. Chloé semblait très contente de me voir et m'étreignit affectueusement, comme pour s'excuser de sa réponse brusque de l'après-midi. Je ne pouvais pas lui en vouloir car elle était ma fille préférée et visiblement stressée, elle aussi. Sylvio me tendit rapidement la main que je serrai trop fort, pour lui faire sentir que je ne l'avais toujours pas apprivoisé. Il se renfrogna, accoutumé à sourire narquoisement, et réprima un gémissement de douleur.

Nous nous assîmes autour de la petite table, mon hôte à ma droite et les deux amoureux en face de moi. Ça me donnait l'occasion d'avoir Sylvio à l'œil! Samuel servit l'apéritif et commença:

-Chloé et Sylvio m'ont mis au courant d'une affaire très sérieuse et inquiétante. Voudriez-vous la raconter à Jean ?

Chloé se racla la gorge et se lança:

« Alors voilà, tout a commencé il y a un peu plus d'un an. Sylvio m'avait galamment invité à manger chez „Septime“ pour fêter mon anniversaire. Nous mangions paisiblement et parlions de diverses choses. »

Sylvio enchaîna:

« Pour être précis, nous étions en train de discuter de mes voitures de courses... D'ailleurs, puisqu'on en parle, j'en ai acheté une nouvelle à Pâques. Vous l'avez certainement vue devant le portail. »

Je l'avais effectivement vue, mais ne voulais pas lui faire le plaisir de l'avoir remarquée.

-Non

-Dommage, elle est flambant neuve et on ne peut pas ne pas la voir, mais revenons à notre soirée chez Septime: la conversation a ensuite dérivé vers les voitures de collection et l'art, comme Chloé avait commencé à s'y intéresser depuis qu'elle avait visité une exposition au Quai de Branly avec une amie. Vous vous imaginez beau-Papa...

-Ne m'appelle pas beau-Papa, m'exaspérai-je, n'ayant pas pu ignorer sa provocation.

-Pardon... Vous vous imaginez, Jean, que j'étais ravi que Chloé ait été séduite aussi par l'art, car moi, je suis un homme cultivé et en suis passionné. Nous avons discuté des expositions actuelles et votre fille m'a demandé de l'accompagner à la prochaine exposition du Quai de Branly. Mais moi, je suis le type d'homme qui ne se contente pas de piètres souvenirs, ou encore de photographies d'une exposition... Je lui ai donc proposé d'acheter un vrai tableau.

-Mais pourquoi? Ça te sert à quoi?

-A le posséder, dit-il vivement en se levant, tout en serrant les poings. Pour pouvoir l'admirer du soir jusqu'au matin et du matin jusqu'au soir. Pour montrer à mes amis que je suis quelqu'un d'instruit.

-L'argent et la possession ne peuvent pas enrichir ta culture, mon cher Sylvio... Quand tu dis vrai, tu veux dire un original ou une copie?

-Me prendriez-vous pour un pauvre, Jean? Quand je dis vrai, je sous-entends un original. J'ai des standards de vie, moi...

Je regardai ma fille du coin de l'œil, que pouvait-elle bien trouver à ce vantard?! Un riche, n'ayant plus besoin de le prouver, n'étalerait pas ses dites "culture" et "richesse" de manière si démonstrative! Je préférai ne rien dire, laissant ce flot couler du „robinet à conneries" qu'était sa bouche. Il dit:

« Dans un premier temps, Chloé avait peur que ceci soit d'un prix exorbitant, mais je lui ai assuré que l'argent ne manquait jamais pour lui faire plaisir et que j'en avais largement les moyens. Elle me dit qu'elle aimerait bien avoir un Picasso car c'était un de ses peintres préférés. A l'instant même, j'ai lancé une recherche sur Google pour qu'elle puisse choisir quelle œuvre elle aimerait bien avoir. J'ai vraiment trouvé cela super que nous ayons un intérêt commun, car moi aussi j'adore les peintres impressionnistes. »

Je me félicitai intérieurement d'avoir laissé le „robinet" ouvert, Picasso était donc un impressionniste... Je ne le savais pas jusqu'alors! J'objectai:

« Tu as dû te tromper, Picasso était un cubiste! »

Sa réaction me fit supposer qu'il n'en était pas à sa première gaffe, car il réagit rapidement:

« Évidemment! Ma langue a fourché, je venais de superposer Picasso et le flyer d'une exposition actuelle sur les impressionnistes au musée d'Orsay. »

Autant que je sache, il n'y avait pas d'exposition sur les impressionnistes à ce moment-là, mais je sommai ma fille de continuer car il n'en venait pas aux faits, passant son temps à se mettre en valeur.

« Chloé, viens-en aux faits, s'il-te plaît. Je n'ai pas le

temps de mener un débat sur la culture. »

« Sylvio cherchait sur Google, lorsqu'un homme d'une trentaine d'années, assis à une table située à proximité, nous aborda. Il se présenta sous le nom de Vitaliy Petrashov, collectionneur et marchand d'œuvres d'art. Il s'excusa d'avoir écouté notre conversation, mais affirma qu'il pourrait nous aider à trouver le tableau en question. Sylvio était tout feu tout flamme et il nous a laissé son adresse en nous assurant que nous pouvions passer le voir quand nous le désirions. Le samedi suivant, nous nous sommes rendus chez lui et avons contemplé l'œuvre d'art en question. J'étais fascinée par la splendeur du Picasso et nous avons demandé à Monsieur Petrashov de le ramener dans notre appartement, afin de le laisser expertiser par simple mesure de précaution. Par chance, Sylvio connaissait un expert qui nous a certifié que l'œuvre était authentique et l'a estimée à 2,7 millions d'euros. Nous sommes donc revenus chez Monsieur Petrashov en lui proposant de l'acheter à 2,5 millions. Bien qu'ayant un peu rechigné au début, il s'est finalement laissé convaincre, a fait signer à Sylvio les modalités de vente et nous l'avons ramenée chez nous. »

-Quoi?! L'achat du Picasso date de l'année dernière? Pourquoi ne me l'avez-vous pas dit avant?

Lorsque j'étais allé voir leur appartement, j'avais effectivement remarqué le Picasso mais ils ne m'avaient rien dit à ce sujet-là.

« Oui, dit Sylvio. Votre fille était d'avis que vous jugeriez cette dépense comme étant du pur "bling-bling" et vous mettrait en colère. De retour chez nous, nous l'avons accroché au-dessus du piano à queue. Le contraste était réussi, Jean, entre les couleurs du Picasso et le noir du piano en ivoire d'éléphant à 500000€, je suis sûr que vous auriez apprécié! »

« J'en doute... »

Ma fille continua le récit de l'histoire:

« Nous étions très satisfaits de notre achat à un prix très convenable, lorsque nous avons eu, ce mercredi, la visite de Monsieur Petrashov, très furieux, tenant le contrat dans ses mains. Il était écrit que nous devions verser 2,5 millions d'euros à intervalles réguliers pendant un an! Sylvio n'avait pas pris la précaution de lire le contrat en détails, il n'avait pas lu les caractères minuscules qui le précisaient. Étant donné que douze mois se sont écoulés depuis, nous lui devons donc la somme de 27,5 millions. Il nous a donné quinze jours pour les rassembler. La fortune de Samuel s'élève à 23,5 millions, il nous en manque donc quatre. C'est une véritable catastrophe et nous ne savons pas quoi faire. Nous sommes littéralement désemparés... »

Je pestai:

« Et c'est pour ça que vous avez fait appel à moi? Sylvio a signé, donc c'est le problème de Sylvio. Je ne t'avancerai pas un seul centime! »

C'est alors que ma fille avança timidement, les larmes aux yeux:

« Le petit problème Papa, c'est que j'ai signé aussi, car Sylvio voulait gentiment que le Picasso soit inscrit à mon nom. J'ai également lu furtivement le contrat, je suis responsable aussi. Sylvio est tout de même mon fiancé, comme je te le rappelle. Tu dois nous aider! »

Ses mots me foudroyèrent. Je me sentis mal et m'agrippai à la petite table en bois avant de perdre connaissance. Quand je revins à moi, j'étais allongé sur le canapé, avec une serviette mouillée sur la tête. Je me redressai subitement, jetai la serviette à terre et constatai avec horreur que ceci n'était pas un cauchemar. Comment avaient-ils pu se laisser berner aussi facilement? C'était effarant! Il fallait réagir de toute urgence! Affolé, je lançai:

« Mais ce n'est pas croyable! Qui est cet escroc?! 30 millions au lieu de 2,5! »

Cependant, il fallait garder la tête froide pour pouvoir sortir du pétrin. C'est alors que me vînt une brillante idée.

-Possédez-vous encore l'expertise qui estime le tableau à 2,5 millions?

-Oui, bien sûr. Tiens Sylvio, amène-la, dit ma fille.

Sylvio se leva et m'apporta le constat d'expertise. Le tableau avait effectivement été estimé à 2,5 millions d'euros! Contrat ou pas, l'affaire pouvait être balancée à la presse qui saurait mettre au grand jour la duperie. La justice était un pouvoir, mais la presse en était un autre qui pouvait tâcher la réputation du très illustre Monsieur Petrashov. J'avais des amis qui savaient être virulents dans la presse, ils s'en donneraient à cœur joie! Je pris la résolution de téléphoner directement à l'escroc pour lui proposer un marché. Samuel me passa le numéro de Monsieur Petrashov que je composai, déterminé à régler l'affaire avec ce voleur.

-Monsieur Petrashov?

-Lui-même. Qui êtes-vous? me répondit une voix grave avec un fort accent russe.

-Jean Pignault, c'est au sujet du Picasso.

-Ah ! Le Picasso! vociféra-t-il, quand payerez-vous enfin?

-Justement, Monsieur Petrashov. J'ai sous mes yeux une expertise estimant le Picasso à 2,5 millions. La presse sera ravie d'apprendre que vous avez lâchement escroqué deux jeunes qui n'avaient aucune idée en la matière. Je propose que vous repreniez votre tableau pour clore l'affaire et que nous n'en reparlions plus...

-Vous me menacez Monsieur Pignault?! me répondit-il sur un ton narquois. De toute façon, l'estimation varie selon les experts.

-Oui, elle peut varier! hurlai-je hors de moi, mais pas de 30 millions! D'autant plus que le contrat est rédigé de manière à ce que l'on puisse être facilement induit en erreur. La presse détruira votre réputation et votre crédibilité.

-Aucun expert ne peut l'avoir estimé à 2,5 millions. Pas ce tableau là. En tant que professionnel, j'exclus ceci catégoriquement.

-Je vous assure le contraire, je l'ai sous mes yeux.

-Comment s'appelle-t-il votre expert?

-François Van den Leuwen. Je peux vous en envoyer une copie pour vous faire pâlir.

-Monsieur Pignault, j'espère que vous me faites une très mauvaise blague. Il n'y a pas d'expert de ce nom-là. Je ne vous conseille pas de mettre la presse au courant, car vous seriez susceptible de passer pour un mauvais faussaire de documents. Je crains fort que vous n'ayez pas d'autre issue que de payer le restant du montant... Bonne soirée!

Il raccrocha. Samuel, Sylvio et Chloé étaient tous trois blancs comme du linge car ils avaient vu mon visage se décolorer. Soudain, j'eus un horrible doute:

-Comment avez-vous connu votre expert?

-J'avais reçu un courriel publicitaire deux ou trois jours après notre repas...

C'est alors que je compris! Ce courriel n'était rien d'autre qu'une arnaque et le faux expert une marionnette de Petrashov! Je leur dis simplement:

-Il n'existe pas d'expert du nom de François Van den Leuwen.

Sylvio se mit à balbutier:

-Mais...mais...mais... c'était donc une fausse expertise?

-Oui, et nous n'avons pas d'autre issue que de payer...

Chapitre V: Que faire?

A peine rentré chez moi, je m'empressai de calculer, malgré l'heure tardive, quelle était la somme que je pouvais espérer rassembler. Avec quelques actions immobilières, des actions tout court, notre résidence secondaire à Lacanau, ma fortune personnelle et la vente de droits d'auteurs pour gratter les fonds, j'arrivais à la somme de 2,95 millions d'euros. Il me restait donc deux semaines pour rassembler un peu plus d'un million. J'ai dû me le répéter une bonne dizaine de fois avant de réaliser l'ampleur des dégâts. Je pensais évidemment à ma fortune mais en première ligne à la sécurité de ma fille chérie. Si Petrashov avait su leur envoyer un faux-expert, il devait être très renseigné et disposer d'un vaste réseau. Il était sans aucun doute impliqué dans la mafia russe et extrêmement dangereux. Il fallait donc rassembler cette somme, d'une manière ou d'une autre. Exténué de fatigue, je m'assis sur mon gros fauteuil et me servis un cognac, puis un second, puis d'autres. Au moins eux pourraient-ils noyer mes soucis ou m'indiquer la sortie de secours...

Il ne devait pas en être ainsi, le bruit d'un verre cassé me tira de mes réflexions menant nulle part: je m'étais endormi la tête avachie et les bras étendus sur l'accoudoir. La porte du salon s'ouvrit et Léa arriva en courant. J'ai dû lui faire une impression pitoyable car elle me considéra avec un air de dégoût:

-Tu as bu? Je t'avais pourtant dit de ne pas boire...

Abasourdi et ivre, je lui répondis:

-Non... enfin oui, mais là n'est pas le problème. Assieds-toi, j'ai à te parler.

- Alors comme ça, tu désires me parler... Aurais-tu pris la résolution de t'occuper un tant soit peu de tes enfants? Deux minutes, tu permets?! Il faut que je balaie les pots cassés, car Monsieur est évidemment incapable de le faire tout seul.

Mon cerveau m'ordonna de me lever pour ne pas me laisser servir comme un pacha, mais mes membres ne voulurent pas obéir et je m'affalai de nouveau. Quand elle eut balayé les morceaux de verre et essuyé le cognac répandu sur le parquet, elle prit place sur un tabouret et me fixa droit dans les yeux:

« Alors, parle moi, je suis ta psychologue. »

Cette formule me mettait souvent mal à l'aise, mais là je n'y prêtai pas attention et lui racontai ce que j'avais appris. Paradoxalement, elle ne se mit pas dans tous ses états, mais garda la tête froide et les pensées lucides.

-Quelle histoire! Ah, l'inconscience de la jeunesse...

-Ce n'est pas le moment de se mettre à philosopher... protestai-je.

-A chaque problème sa solution... C'est sûr que ce Petrashov est une véritable saleté, et qu'ils se sont laissé duper comme des gamins, mais bon, on ne peut rien y changer... Il faut le trouver maintenant cet argent.

-Plus facile à dire qu'à faire. Ça ne se trouve pas au coin de la rue, on risque gros dans cette affaire et surtout ma grande fifille.

-Je ne sais pas moi, c'est toi l'homme. D'après tes théories, il n'y a que les hommes qui sont en mesure de manier l'argent. Il n'y a sûrement que les hommes qui sont en mesure d'en trouver. Ne fais pas cette tête de chien battu, tu en trouveras bien une ... Allez, vas te coucher, tu en as besoin, tu attaqueras la chose demain.

Elle se leva, fit un bisou sur mes cheveux mouillés et partit à pas feutrés pour ne pas réveiller nos invités et les enfants. Je savais que les psychologues devaient disposer de sang froid pour conseiller leurs patients, mais à ce point-là, elle m'en bouchait un coin!

Le lendemain matin, je déjeunai seul, pour ne pas devoir justifier ma tête d'enterrement et l'odeur de cognac qui semblait persister. Je puais tellement que même mon chien tourna la tête lorsque je remplis sa gamelle de croquettes. Trouvant le réfrigérateur un peu vide, je me rendis au centre commercial le plus proche. Une complicité divine pourrait, peut-être, me faire trouver un million dans un étalage... Le centre Leclerc était presque vide pour un samedi matin, les gens avaient dû partir pour le week-end prolongé. Comme j'étais sur le point de ramener le caddy, j'aperçus Rachid garer sa voiture. Bien que je l'appréciais beaucoup, je n'étais pas du tout aux anges de le croiser dans l'état où je me trouvais. Pendant une fraction de seconde, j'avais espéré qu'il ne m'avait pas remarqué, mais un grand geste de sa main me prouva le contraire. Il s'avança vers moi:

-Salam Jean! Que je suis content de te voir de si bonne heure! C'est ta femme qui t'a chassé du lit pour que tu sois réveillé si tôt ?!

J'éclatai de rire, ah le sacré Rachid et son humour!

-Pas tout à fait, c'est mon chien qui m'a fait la gueule car je puais le cognac.

-Ah, les séquelles d'une soirée arrosée entre amis? me fit-il avec un clin d'œil.

-Exactement, elle a un peu duré et puis voilà, voilà... lui mentis-je.

Je n'avais pas envie de lui étaler mes malheurs et de lui avouer, à lui qui ne buvait jamais, que j'avais cherché à noyer mon désespoir dans du cognac. De toute façon, lui, le marchand de couscous, ne serait pas celui qui pourrait m'aider à trouver mon million.

-Haha. Tu as gardé tes habits du bureau?

-Euh...oui. Je... je n'ai pas voulu réveiller ma femme.

-Jean, ça va?

-Oui, bien sûr. Pourquoi?

-Tu es sûr que tout va bien Jean? Toi, qui es si à cheval sur la tenue, que t'arrive-t-il?

-Oui, ne t'inquiète pas pour moi, tentai-je de le rassurer.

-Si ça ne va pas, dis-le moi, tu as été là pour moi, donc je serai toujours là pour toi.

-Je sais que tu es une personne à qui on peut faire confiance, Rachid, mais je t'assure que tout va bien.

Nous nous serrâmes la main et il partit faire ses courses à son tour.

Quand il fut parti, je me rendis compte à quel point nous vivions dans un triste monde et que mon comportement, à l'égard de mon meilleur ami, était égoïste. Ainsi, il aurait pu être en mesure de m'aider, si je lui avais confié mes malheurs... Je m'en repentis et me jurai de l'inviter le week-end même à un thé (lui un thé, moi un café) pour lui raconter cette fâcheuse histoire. De retour chez moi, je vis que ma femme était dans la salle de bain, déposai les courses sur la table, me changeai rapidement et m'enfermai à double-tour dans mon bureau afin de ne pas être dérangé. La tâche me sembla impossible, un million en deux semaines! D'après mes calculs, nous possédions l'équivalent de trois millions (amassés en 20 ans de vie active), mais comment en trouver un en deux semaines ?! Le cognac et les courses n'avaient rien changé et je n'en revenais toujours pas! Mes beaux-parents possédaient certes des figurines en porcelaine de Saxe datant de la Révolution, avec leur accord nous pourrions les vendre et en tirer peut-être 20 ou 30000€, mais pas plus. Je ne vis que deux possibilités: emprunter de l'argent ou hypothéquer l'appartement. Il ne fallait pas en venir là ! Je composai le numéro de mon ancien ami d'école, Arnaud de Frérembourg. Il me livrait annuellement des bouteilles de champagne, vu sa fortune il pourrait peut-être m'avancer un million. Je jetai un coup d'œil furtif à la pendule, ne serait-il pas trop tôt pour l'appeler? Non, me dis-je, en tant que propriétaire terrien, il travaillait aussi les week-ends. En réalité, il m'avait déjà révélé que son travail se résumait à goûter les différentes cuvées. Il éternisait ses visites dans ses propriétés en se faisant inviter à manger par ses viticulteurs. Le reste du temps, il se promenait dans ses vignes de Champagne.

-Arnaud de Frérembourg? Ici Jean Pignault...

-Jean, quel plaisir de vous avoir au téléphone. Que me vaut l'honneur?

-Arnaud, je suis profondément navré de vous déranger de si bonne heure, mais j'ai un gros problème et aurais besoin de votre aide...

-Vous ne me dérangez pas... Que puis-je faire pour vous, mon ami?

-Voilà, ma fille a signé, avec son fiancé, un contrat sans le relire et il nous manque un million d'euros.

-Un million d'euros? Et vous désireriez que je vous les avance, c'est cela? Tout de suite?

-Exactement Arnaud.

-Quand compteriez-vous me le rendre?

-D'ici deux ou trois ans, je pense que nous pourrions vous le rembourser.

-C'est entendu, je vais en discuter avec ma femme. Mais je ne peux rien vous garantir, nous ne roulons pas sur l'or non-plus... Je vous rappelle dans le courant de dimanche...

Sa conclusion ne me rendit guère optimiste, c'était un non déguisé... En plus, pourquoi m'aurait-il demandé quand je compterais les lui rendre s'il ne roulait pas sur l'or?! Peut-être n'étais-je pas assez riche pour être digne de la confiance d'un noble...

Quelqu'un frappa à la porte de ma chambre.

« Papa? C'est moi. Je peux rentrer? »

C'était Hugo. Dans tout ça, j'avais complètement oublié le rendez-vous de la veille (ou serait-ce il y a plus longtemps?). Pourquoi mes enfants ne pouvaient-ils pas tout simplement faire comme je leur avais dit de faire? Ceci ne pouvait pas être si compliqué que ça tout de même! En vitesse, j'ouvris "La place de l'étoile", de Patrick Modiano, qui traînait sur mon bureau et rangeai la feuille de mes calculs. Il ne devait se douter de rien!

-Oui, rentre. Mais parle moins fort, tu vas réveiller les filles et les anglais.

Il rentra et vint à mon bureau. Je levai les yeux de "La place de l'étoile" et il me dit:

-Je voulais te dire merci, Papa, pour ce que tu as fait pour moi, d'aller me défendre. C'était vraiment cool de ta part.

-Cool? Tu crois que j'ai trouvé ça cool, moi?

-Hum non, sûrement pas, mais je veux dire par là que c'était gentil de ta part. Même si tu m'engueules souvent, t'es gentil en fait.

-Et alors aux personnes gentilles, qui n'ont pas une pierre à la place du cœur, on leur ment, c'est ça? Pourquoi m'avais-tu caché votre fuite par-dessus le grillage? L'aurais-tu "oubliée" par hasard?

-Non Papa, mais j'avais honte de te l'avouer. Toi, tu ne m'as pas enseigné ça, tu aurais été encore plus déçu. Je ne voulais pas te faire de la peine... Et quelque part, tu as raison quand tu dis que je ne suis qu'un petit con. D'ailleurs je...

-Stop. Cesse de vouloir m'amadouer avec des larmes de

crocodile. J'ai été fils avant toi!

-Je ne veux pas t'amadouer, je voulais justement te montrer le texte que je devais écrire pour le proviseur...

-Pour que je corrige tes fautes d'orthographe?!

-Mais non...

-Tu te fous du monde! Sors, j'ai du travail sérieux à faire, moi! Dehors j'ai dit, pourquoi es-tu encore là?

-Tiens, je te le pose sur la commode, tu le liras plus tard... Bonne journée Papa!

-Hors de ma vue, perfide menteur! lui criai-je.

S'était-il juré d'extirper tout ce qu'il y avait d'extirpable en moi? Ne savait-il pas qu'il était seulement un enfant parmi quatre? Et sa fausse courtoisie "Bonne journée Papa...". Tout ça pour que je l'aide pour la énième fois ! Mais quel égoïste! Énervé d'avoir perdu du temps supplémentaire, je me remis à réfléchir. Les minutes étaient comptées et rien n'avançait. John aurait peut-être une idée, mais bizarrement il n'était toujours pas réveillé, alors qu'il était déjà 9heures et quart. Léa leur avait manifestement organisé une journée pour touristes à l'asiatique. J'étais en train de réfléchir lorsque ma femme frappa à son tour à ma porte. C'était une véritable procession!

-Bonjour Doudou, ça va mieux? D'attaque pour réfléchir?

-Bonjour Léa, oui, mais il ne me vient aucune idée. Notre situation est désespérée, déplorai-je. Nous allons sûrement devoir hypothéquer l'appartement et emménager dans une souricière.

-Arrête de t'inquiéter, tu as toujours su te tirer de toutes sortes de situations que tu avais qualifiées de "désespérées". Je ne vois pas que des choses négatives dans cette histoire, il y...

-Pas que des choses négatives?!

-Ben oui, par exemple c'est la première fois, depuis bien des années, que je me lève avec le frigo plein.

Pff! Elle en avait des nerfs ma femme, plaisanter dans notre situation... Elle enchaîna:

« Dis-moi, tu as besoin de l'ordinateur maintenant? Si non, laisse-moi la place et va promener le chien, les idées ne te viendront pas plus en t'enfermant et t'isolant du reste du monde. »

Je râlai mais lui laissai finalement la place et sortis Pongo. En passant dans le couloir, je vis que la lumière était allumée dans la chambre des invités, je pourrais donc parler à John quand j'aurais fini ma promenade matinale avec le chien.

Le temps faisait mine de se lever, quelques rayons de soleil se frayaient un chemin à travers la masse des nuages et je me sentis déjà un peu mieux. Cela faisait une bonne semaine que je n'avais pas vu le soleil et j'en avais oublié le plaisir de le sentir me chatouiller le bout du nez. Nous nous rendîmes au petit parc du coin et j'enlevai la laisse du collier de Pongo pour m'asseoir sur un banc ombragé. J'avais une vue sur la pelouse entière ainsi que sur le haut des habitations dépassant de la cime des arbres, qui fléchissaient sous le poids de la pluie. Le jeune labrador rejoignit d'autres chiens pour jouer et je me mis à réfléchir tout en observant le va-et-vient du parc. Hier encore, je réfléchissais à garder les actions de Humpsley&Sons. Hier encore, je cherchais des actions immobilières pour investir. Hier encore, je croyais que mis à part un attentat, une catastrophe naturelle ou une grave maladie, j'étais à l'abri de tout. Hier encore, je pensais que le mérite était une valeur sûre qui ne pouvait que mener au but. L'idée que je devais reconstruire toute ma fortune m'attristait profondément, car je me revis plus ou moins à la case départ à l'issue de mon cursus universitaire: seulement avec les cheveux gris en plus et la vigueur de la jeunesse en moins. Ce qui m'attristait d'avantage était la déception prévisible de mes enfants. Pendant des années, je leur avais inlassablement répété, tel un apôtre le message du Christ, que le mérite menait toujours au but. Vu l'instabilité émotionnelle dans laquelle se trouvaient mes deux enfants du milieu, Justine et Hugo, une nouvelle comme celle-ci les rendrait insensibles au moindre conseil de ma part allant dans ce sens-là. En plus, j'allais perdre ma crédibilité auprès de mes enfants...

J'étais sûr que j'allais échouer car j'avais beau me creuser la cervelle, il ne me venait strictement aucune idée. Jusqu'à présent, j'avais réussi dans la vie en ayant toujours eu une réponse sensée à tout, mais là j'étais absolument désemparé face à cette situation imprévisible. Depuis la nuit des temps, j'étais fermement convaincu d'être un homme poursuivi par le succès. Lentement, je compris que le succès n'était pas déterminé par la capacité d'avoir une excellente réponse au prévisible, mais d'en avoir une passable à l'imprévisible. Au bout d'un moment, j'en ai eu marre de ces réflexions mélancoliques et rappelai Pongo. Je devais sérieusement trouver le million, car je ne me voyais pas hypothéquer mon appartement, bien que je fus absolument conscient de devoir le faire. Petrashov était un mafieux, il n'hésiterait pas une seule seconde à avoir recours au crime pour "compenser" une dette impayée.

Nous revînmes chez nous et je fus ravi de voir Kate prendre le petit-déjeuner avec Léa. Un *"God saves the Queen"* ténor, venant de la salle de bain, trahit la présence de mon invité. Kate se leva et me serra très fort dans ses bras. A cause de mes escapades tardives, nous ne nous étions pas vus depuis jeudi soir.
-Une véritable merveille votre château de Versailles, époustouflant! Léa nous a fait dîner au Restaurant du Boucher, un véritable délice le steak tartare au vin blanc! Et toi, qu'as tu mangé hier soir?
Je ne voulais pas leur dire que Samuel m'avait servi des coquillettes avec un œuf dur après notre conversation, surtout pas devant les filles!
-Devinez! leur dis-je, intéressé de gagner du temps pour réfléchir quel "menu" leur décrire.
-Je ne sais pas moi... vous avez mangé british?
J'étais sur le point d'opiner de la tête lorsque je me ravisai car je n'aurais pas su leur dresser un menu british. J'ai dit la première chose qui m'est passée par la tête:
« Un homard à la mayonnaise accompagné de riz au cur-

ry. »

Un sourire malicieux de Léa me fit comprendre qu'elle devait se douter de la supercherie car elle rit:

-Tu n'as pas dû passer une bonne nuit avec un mélange pareil...

-En vérité, pas vraiment. Je vais justement reprendre une tasse de café pour me réveiller, je dois travailler...

Dans le couloir, je croisai John qui sortait de la douche en peignoir de bain.

-*Good morning* John! Pourrais-tu venir dans mon bureau? Je dois te parler d'affaires.

-*Oh, good morning*! *With pleasure*! J'espère que ce n'est pas au sujet de notre hymne national et que tu souhaites me forcer à chanter la Marseillaise...

-Bien sûr que non, mon ami, le rassurai-je amicalement.

Il semblait être d'excellente d'humeur, il n'y avait pas que des mauvaises nouvelles!

Je me rassis à mon bureau en dégustant le café. N'ayant toujours pas de nouvelle idée, j'ouvris mon feed Facebook pour me tenir au courant de l'actualité. Bien que je méprisais profondément les réseaux sociaux, je devais reconnaître que les pages Facebook des quotidiens présentaient un avantage primordial comme la gratuité de l'accès instantané et illimité aux informations. Les mauvaises nouvelles défilaient sur mon écran: guerres, catastrophes naturelles, polémiques et j'en passe. On frappa à la porte, je crus que c'était l'anglais.

« Rentre John, je t'attendais... »

En réalité, c'était ma fille:

-Bonjour Papa, je te dérange? dit-elle tout en me faisant la bise.

-C'est que je dois travailler, lui expliquai-je.

-Juste deux minutes Papa, j'ai une super nouvelle!

J'étais certes à quelques jours près d'hypothéquer mon appartement, mais je ne pouvais pas ignorer une bonne nouvelle venant de ma fille. Ma cadette avait certes les yeux bleus, mais la lueur qui s'en dégageait était quasi-identique à celle des miens, lorsque mon cœur est empli de fierté. Si elle était fière, elle avait sûrement accompli, je ne sais quel exploit, qu'elle allait me raconter. J'avais imaginé qu'elle m'apprendrait avoir compris un chapitre de mathématiques ou un chef-d'œuvre philosophique, mais fus lamentablement déçu. Elle poursuivit:

-J'ai dépassé la barre des 600 abonnés sur Instagram! Ça faisait des mois que j'en rêvais!

Déconcerté, et surtout effaré d'apprendre que ma fille possédait un compte Instagram sans me l'avoir dit auparavant, je fis d'abord des yeux ronds tout étonnés, puis je perdis mon sang-froid:

-Alors comme ça, tu rêves d'idioties pareilles pendant des mois?! Ça te sert à quoi d'en avoir autant?

-D'abord, c'est pas des idioties, tu es trop vieux pour ça, toi. De ton temps, c'est à peine si vous aviez déjà un télé-phone.

J'étais vraiment furieux que ma fille dérive à ce point-là des idéaux que nous lui avions enseignés et qu'elle me ré-ponde insolemment.

-Un peu de respect s'il-te plaît Juju, je ne suis pas une de tes copines...

Mauvaise que je ne partage pas sa fierté, elle me répondit:

-Tu sais, t'es vraiment chiant parfois, tu me demandes de te respecter et après tu ne respectes pas mes rêves...

-Mais voyons ma puce, il faut que tu aies la tête vissée sur les épaules. Elle ne te sert à rien cette vie virtuelle...

-Bien sûr que si, maintenant je suis plus populaire qu'avant. Tu ne peux pas comprendre!

Elle sortit en claquant bruyamment la porte. Mais qu'avais-je fait au bon Dieu pour avoir des enfants aussi stupides et irresponsables?! L'un taguait des idioties sur le préau de la cour, l'une rêvait d'abonnements Instagram et l'autre signait des contrats sans les lire avec un mafieux russe. Je tombais de Charybde en Scylla. Il me restait certes mon petit dernier Pierre, mais il était trop jeune pour comprendre quoi que ce soit, car j'étais d'avis que l'éducation des enfants en bas âge est du ressort des femmes...

Comme j'étais plongé dans mes lamentations, la porte s'ouvrit. Cette fois-ci, c'était John. A la lumière du jour il me parut encore plus vigoureux et énergique qu'il ne m'avait donné l'impression d'être l'autre soir. Décidément, j'étais donc le seul à vieillir si vite! Il referma la porte et s'assit sur une chaise. Je commençai:

« John, nous avons un très sérieux problème. J'aurais besoin de ton aide et de tes conseils. »

Je savais que John ne pourrait pas me prêter un million, n'étant pas un homme riche, contrairement à mon ami

Arnaud, mais il était un grand calculateur et doté d'une intelligence hors du commun. Je lui expliquai l'histoire du début jusqu'à la fin. Tout au long de mon récit, il demeura pensif à se caresser la barbe. Puis, il dit: « Je n'ai certes pas de million à te prêter, mais j'ai une idée... »

Chapitre VI: Une porte de secours?

« Il y a de cela quelque temps, j'ai contacté un ami entrepreneur très réputé dans le Royaume-Uni pour recevoir une réduction sur une montre que je voulais absolument offrir pour l'anniversaire de ma femme. Étant donné que c'est un ami de longue date, je suis parti du principe qu'il allait me faire une réduction. Cependant, il me glissa à l'oreille, comme tous les bons amis le font si fréquemment, que ses montres étaient toutes contrefaites. Il m'informa qu'elles lui procuraient un commerce florissant et ne voulait pas m'arnaquer en me les vendant à un prix quelconque. Au début, je fus un peu indigné de sa malhonnêteté mais je l'ai finalement remercié de m'avoir averti et me suis intéressé par simple curiosité à ce commerce. Surtout ne crois pas que j'ai eu des arrières-pensées. Il m'a expliqué comment discerner les produits d'origine des répliques,quelles étaient ses recettes annuelles et quels genres de marques étaient couramment falsifiées. Au terme d'une discussion assez longue, il m'a indiqué que si un jour je devais avoir besoin d'argent, il pourrait aisément me faire rentrer dans ce commerce lucratif. Je pense qu'il serait d'accord pour t'en faire profiter. Ce serait un moyen facile pour gagner rapidement un million. » J'étais profondément choqué par la proposition de mon ami anglais:

-John voyons ! Ce n'est pas à cause d'une fille écervelée

que je vais entamer une carrière de criminel!

-Mais non, Jean, ce n'est pas de la vraie criminalité. Après tout tu ne tues personne! C'est juste une forme tout comme une autre de commerce.

-Tout comme une autre... Illégale, oui!

-Écoute-moi Jean, sois raisonnable! Tu es pourtant un homme intelligent.

-Raisonnable?! Tu veux m'inciter à faire du commerce illicite en faisant appel à ma raison?!

-Jean, réfléchis. En vingt ans de vie active, tu as réussi à amasser l'équivalent de trois millions d'euros avec ta femme. Comment veux-tu en gagner un de manière "honnête" en une semaine? C'est strictement impossible!

-Je ne sais pas moi, il y a peut-être des gens qui peuvent m'avancer un million...

-Des gens... Ha! Parle à ta femme, tu verras ce qu'elle te dira. Je te le propose simplement, après c'est toi qui vois.

Nous restâmes quelques minutes sans rien dire, lui debout les bras croisés, moi avachi à fixer le motif du couvercle de la poubelle. Intérieurement, j'espérai y trouver la réponse écrite noire sur blanc. Il mit un terme à notre silence:

« Tu m'excuseras, les filles ont besoin de mon aide pour réparer la radio de Justine. Je te laisse son numéro sur le bureau, si tu l'appelles, cite tout de suite mon nom, il t'accueillera les bras grands ouverts. S'il devait douter de la sincérité de ma recommandation, tu n'as qu'à évoquer la "blague du toaster", ça lui rappellera une vieille bêtise que nous avions faite du temps où nous étions encore jeunes.

Il saura alors que c'est moi qui t'envoie. Je peux t'aider, mais la décision, c'est toi qui dois la prendre... *See you later my friend*! »

Je me retrouvai seul, seul, face à un dilemme de taille. Moralement, étais-je autorisé à avoir recours à la malhonnêteté car les voies honnêtes semblaient être obstruées? Je me revis plus jeune ayant juré mes grands dieux de ne jamais quitter le chemin droit. Jusqu'à présent, je ne l'avais jamais quitté et j'en avais toujours été très fier. Je ne saurais plus exactement vous dire lesquelles, mais plusieurs pensées s'opposaient les unes aux autres et mon esprit était tel une mer démontée où des vents contraires s'affrontaient pour former un tourbillon. Je pensai tout et rien en même temps et commençai à me sentir abandonné, même par Dieu en personne. Quand on se sent perdu comme un grain de sable dans l'océan, la seule chose qui reste à faire est de demander le chemin au grain de sable voisin: en l'occurrence à ma femme. Je me levai et rejoignis Léa dans la cuisine qui remplissait la machine à laver la vaisselle.

« Chérie? J'ai besoin de tes conseils, je ne sais pas quoi faire... »
Elle posa une pile d'assiettes et me murmura à l'oreille:
« Je t'écoute mon amour, je suis là pour ça. Ne fais pas une tête si consternée et inquiète. Tu vas y arriver, j'en suis sûre! »
Elle me caressa doucement le visage pour essayer de m'apaiser.

-Ne saurais-tu vraiment pas qui pourrait nous prêter un million?

-Non, sinon je te l'aurais déjà dit! Tu n'as pas encore d'idées?

-Pas vraiment et je ne sais pas quoi faire. John vient de me proposer de me joindre à un commerce de contrebande, par le biais de sa recommandation. Je ne veux quand même pas en venir là! J'ai appelé Arnaud de Frérembourg, mais je suis quasiment sûr que son hésitation n'est rien d'autre qu'un non déguisé. Il n'est pas "sûr d'en avoir" et veut en parler à sa femme. Tu parles...

-Je ne sais pas moi, à ta place j'attendrais quand même sa réponse avant de m'engouffrer dans une entreprise pareille...

-Il a dit qu'il comptait me rappeler demain soir, je ne peux pas attendre si longtemps. Il faut que nous ayons déniché le million avant mercredi soir au plus tard.

-Je ne sais pas, tu pourrais quand même attendre sa réponse au moins, ce serait plus prudent.

-Et perdre du temps supplémentaire? Non, ce n'est pas ce qui est le plus intelligent. Le temps, c'est de l'argent et nous n'en avons pas assez justement.

-Oh, si Monsieur sait, pourquoi Monsieur me demande-t-il conseil?

-Je voulais que tu me dises ce que tu penses de la proposition de John. Je sais que toi, en tant que psychologue, tu n'es pas habituée aux contraintes du temps car tu suis tes patients pendant des années, mais essaie de te mettre à ma place!

-Depuis des années, tu prônes le fait que les femmes n'ont strictement aucune notion du commerce et des affaires. Par conséquent, elles n'ont aucune notion du temps. A ta place, je demanderais à un autre homme si les paroles de John ne t'ont pas suffisamment convaincu... Il en pense quoi Rachid?

-Rachid? Justement, je l'ai vu ce matin chez Leclerc, mais sur le coup je me suis dit qu'il ne pourrait pas m'aider et puis...

-Attends, es-tu sérieux Jean? De qui te moques-tu? Rachid est probablement ton meilleur ami que tu fréquentes le plus! Tout ce que tu trouves à faire c'est de ne pas le mettre au courant sous prétexte qu'il ne pourrait pas t'aider?!

-Je sais que je n'aurais pas dû, je voulais justement l'inviter à un café pour ne pas l'exclure...

-Franchement, tais toi, je vais te dire quelque chose. Tu as fait de Rachid ton ami car tu veux être son protecteur, "Saint-Jean" en personne... Par contre, Monsieur souffre d'un profond complexe de supériorité, car Monsieur ne veut pas avouer à son ami que lui aussi, touche le fond... Ton attitude est ignoble, être quelqu'un de fort ce n'est pas seulement être quelqu'un d'intelligent, riche et généreux, mais aussi de reconnaître ses faiblesses... D'ailleurs, pourquoi dis-je intelligent? T'es complètement con en fait!

-Mais chérie...

-Assez! De toute façon, Chloé a toujours été ta fille préférée qu'il a toujours fallu gâter si tu la compares aux trois autres, donc si elle fait des conneries en signant n'importe quoi avec ce crétin de fils à Papa, c'est en partie de ta faute.

-De ma faute?! Ha, ça c'est la meilleure!

-C'est normal qu'une fille se dirige vers un riche si son père l'a gavée de toutes sortes de fantaisies pendant des années... Ah, Chloé a toujours été la plus fine, la plus jolie, la plus studieuse, la plus intelligente... Voilà le résultat... Débrouille-toi maintenant!

Elle claqua la porte furieusement et je me retrouvai de nouveau seul. Je savais que je n'aurais pas dû me comporter de la sorte avec Rachid, mais elle exagérait! Après tout, je n'y pouvais strictement rien si ma fille agissait sans réfléchir. Elle était grande tout de même! Je me remis à mes réflexions, rythmées par l'éternel tic-tac de la pendule, et repensai aux paroles de John. Quelque part, il avait raison, si ma fortune était de l'ordre de trois millions je ne pouvais pas en gagner un en une semaine, en continuant sur une voie honnête. Après avoir pesé le pour et le contre pendant plusieurs heures, je pris finalement la décision de m'y risquer, il fallait bien que j'ose quelque chose pour parvenir à mes fins et Dieu me pardonnerait sûrement de ne pas avoir persévéré dans le chemin vertueux car il en allait de la sécurité de ma fille... Un coup d'œil furtif dans la salle à manger suffit pour m'assurer que nous ne devions pas craindre d'être entendus par les enfants, je pouvais parler aussi fort que je le voulais. Je composai le numéro que John avait écrit. Un sentiment de doute m'envahit au moment même où je pressai le bouton vert mais je le chassai bien vite, il fallait que je tente le tout pour le tout. Il est vrai que je ne m'étais jamais retrouvé dans une situation pareille, mais mon agitation m'étonna malgré tout. Des gouttelettes de sueur ruisselaient le long de mes tempes et les battements de mon cœur s'accélérèrent. Les quelques secondes durant lesquelles j'attendis qu'il décroche à l'autre bout de la ligne me semblèrent être des heures interminables. Quand enfin, j'entendis le son de sa voix je ne fis ni une ni deux et me lançai à l'eau:

-Bonsoir Monsieur Thomson, je m'appelle Jean Pignault. Je prends contact avec vous car je souhaiterais rejoindre votre réseau. J'aurais besoin d'un million d'euros d'ici une semaine.

-Vous plaisantez? Un million d'ici une semaine?! Vous n'êtes pas réaliste Monsieur Pignault... Tout d'abord, qui êtes-vous? Et quelle profession exercez-vous?

-Je suis un économiste et auteur français, mais je vous assure que je suis très réaliste. Ma fille a une dette impayée qui doit être remboursée avant jeudi prochain et...

-Est-ce mon problème Monsieur Pignault? Je suis vendeur de montres, pas un banquier. Si vous tenez à un poste de vendeur de montres, alors je peux vous proposer un poste à 1800€ par mois, mais pas à 1 million en une semaine! Ah ! Ah!

L'homme prenait ses précautions, il était pourtant évident qu'il avait compris de quel commerce il était question... Il fallait persévérer.

-Monsieur, je suis au courant du trafic que vous pratiquez,

votre ami John Hennington m'en a parlé et me recommande personnellement...

-Je suis confus Monsieur Pignault, mais je ne vois réellement pas de quoi vous voulez parler. D'où connaissez-vous Monsieur Hennington au juste?

-C'est un très bon ami à moi. Il m'a dit d'évoquer la "blague du toaster" pour vous prouver qu'il me fait entièrement confiance.

Mon interlocuteur marqua un temps avant de s'enthousiasmer:

« Pardonnez-moi ma méfiance initiale, mais les espions et traîtres sont fréquents dans mon business. Cela change tout évidemment, pourquoi ne l'avez vous pas dit tout de suite? Si John vous a parlé de la blague du toaster, alors vous devez être très étroitement liés. D'après le principe "Les amis de mes amis sont mes amis", je suis prêt à vous aider. Il y a effectivement un moyen pour que je vous signe un chèque d'un million d'ici jeudi prochain, il faudra cependant que vous vous montriez à la hauteur. »

Conscient du risque de la banqueroute en cas d'échec, j'étais presque prêt à tout à ce moment-là. Je dis presque car je n'aurais quand même pas tué, mais je sentis comment la soif de réussir domptait la peur d'échouer. J'étais déterminé, bien que ma décision fût teintée d'amertume.

-J'écoute votre proposition Monsieur Thomson... affirmai-je, à moitié à contrecœur.

-Notre principale usine de contrefaçons est localisée à Sanaa, au Yémen, mais toutes nos montres de luxe sont vendues au Royaume-Uni. Pour éviter de se faire pincer par les douanes, nous faisons transiter notre marchandise par des individus qui travaillent au noir par la Mer Rouge, l'Égypte, la Libye et le Maghreb. C'est ensuite que cela devient intéressant pour vous Pignault... Trois de nos hommes se sont infiltrés dans une compagnie de pêche effectuant fréquemment des trajets entre la France et l'Afrique du Nord. Avant d'accoster, ils mouillent au large près de la frontière espagnole pendant une nuit en attendant que deux hommes prennent la marchandise en charge. Écoutez-moi bien Pignault, vous allez vous joindre à eux pour recevoir la prochaine livraison qui aura lieu demain dans la soirée.

-Demain soir, près de la frontière espagnole? Mais je ne pourrai jamais être de retour au travail le lendemain matin.

-Ceci ne me regarde pas Pignault, c'est vous qui tenez à votre chèque d'un million, pas moi. Si vous préférez travailler que de saisir cette opportunité, personne ne vous en empêche...

Dans ma position actuelle, je ne pouvais pas être plus royaliste que le roi.

-Euh oui, vous avez raison, je trouverai une excuse.

-Écoutez-moi plutôt, votre aventure ne sera rien d'autre que du tourisme, vous ne pourrez pas vous plaindre...

Vous traverserez l'Hexagone dans une camionnette en compagnie des deux autres hommes à destination d'une plage picarde, Ault-Onival, où vous embarquerez sur un bateau à moteur pour rejoindre la Grande-Bretagne. Vous partirez demain soir et devrez arriver avant mercredi matin.

Sceptique, je plissai le front. Je n'étais peut-être pas un expert en géographie mais deux jours et demi me paraissaient beaucoup pour un trajet de la sorte. Cependant, je n'osai pas lui poser de question supplémentaire car je me dis qu'après tout, il valait mieux avoir trop de temps que pas assez. Il reprit ses indications qui me rappelèrent une notice de jeu de société.

« Je dirai à ces deux hommes de vous attendre dans un bar qui s'appelle "La Pinède" à Collioure vers 20 heures . D'habitude, c'est un bar qui est très peu fréquenté, vous n'aurez aucune difficulté à les trouver. Je ne vous ai jamais vu Pignault, mais si vous êtes un auteur et économiste, vous risquez d'être un peu... euh différent d'eux. Malgré tout, je vous demande de faire équipe avec ces deux gars. C'est absolument nécessaire pour éviter les contrôles de la police et des gardes côtes de la Manche. Votre tâche n'est pas dure, mais elle demande beaucoup de vigilance et de concentration. Si la marchandise ne devait pas arriver à temps à bon port, ou pire encore si vous deviez vous faire arrêter par la police, alors vous ne toucheriez évidemment pas le million. Pour des raisons de sécurité et de politique de confidentialité qui règnent au sein de mon entreprise, il vous sera formellement interdit d'emporter un appareil électronique quelconque pendant le voyage. Je vous informe, au préalable, que vous effectuerez d'autres travaux pour moi par la suite en attendant votre remboursement. »

Bien que je fusse convaincu que risquer était la bonne option, je voulais cependant avoir le cœur net que Thomson était un homme qu'il considérait en tant qu'ami loyal, malgré le commerce obscur qu'il pratiquait. John répondit:

« Oui, entièrement Jean. Je te certifie que nous sommes dévoués, corps et âme, l'un pour l'autre. Je sais que tu es très à cheval sur les principes moraux et je peux te dire que lui aussi n'en est pas exempt. C'est un homme très fin, et même si cela peut te paraître paradoxal comme je te l'ai décrit tout à l'heure, je t'assure qu'il est honnête. Il n'a jamais tenté d'arnaquer quiconque moins aisé que lui, sachant ce que c'était d'être pauvre. Quand il était jeune, il n'était pas riche, par la suite il s'est enrichi de manière peu catholique, mais contrairement à d'autres escrocs, il n'a pas oublié ses origines. »

-Tu me le décris comme un Robin des Bois moderne... Il me verra comme un riche et si son métier est d'arnaquer, alors je ne vois pas pourquoi il n'en ferait pas autant avec moi...

-Jean, ne te préoccupe pas pour rien, je t'en prie ! Je te recommande et il sera honnête avec toi comme il l'a été, en m'avouant que ses montres n'étaient que des contrefaçons.

-Tes mots m'apaisent John. Tu ne peux pas t'imaginer à quelles inquiétudes je fais face depuis hier soir.

-Je te comprends, mais fais moi confiance, tu vas y arriver. Je suis un de tes meilleurs amis après tout, l'aurais-tu oublié?

De vrais amis n'ont pas besoin de le répéter à longueur de journée, ils le savent.

-Évidemment, lui dis-je en le serrant dans mes bras.

J'ai passé toute l'après-midi à "préparer" mon voyage et à coordonner le travail de mon service pour le début de la semaine à venir. Peut-être mépriserez-vous mon choix, mais je peux cependant vous assurer que j'ai le sens des responsabilités. Il ne fallait pas que mes collègues soient désorientés. Tout compte fait, je justifierai mon absence pour des raisons familiales. C'était sûrement l'excuse la plus pratique et la mieux adaptée. Vu le temps de trajet nécessaire pour rejoindre Collioure, je fis le calcul que je devais partir le lendemain matin vers 5heures. Un peu fatigué par tous ces préparatifs, je m'affalai sur le même fauteuil que la veille au soir. Cela faisait des semaines que je souffrais de surmenage et cette fâcheuse histoire anéantissait le week-end prolongé sur lequel j'avais compté pour me remettre d'aplomb. Subitement, les mots de Léa, au sujet de Rachid, me revinrent en mémoire. Je pense que je ne vous surprends pas, si je vous dis qu'ils me tracassaient. Ma femme était (avec mes enfants) la personne qui m'était la plus chère au monde, je ne pouvais pas partir sans me réconcilier et m'excuser auprès d'elle.

Le soir-même, je racontai aux enfants que je devais m'absenter pour des motifs professionnels. Quand enfin je me retrouvai, seul à seule, avec ma femme dans notre chambre, je me confessai:

-Chérie, tu sais, j'ai réfléchi à ce que tu m'as dit ce matin. Je dois t'avouer que...

-Oh... Tu as réfléchi à tes actes? C'est un vrai miracle, Victor Hugo avait raison en disant qu'il ne faut jamais désespérer des Hommes...

Son esprit mordant étant toujours là, j'en conclus qu'elle était moins fâchée que je ne l'avais appréhendé. Je m'approchai d'elle, lui pris les mains et la regardai droit dans les yeux.

« Écoute chérie, je me suis comporté comme le dernier des derniers. J'aurais dû en parler à Rachid et tu as raison, je ne voulais pas lui avouer ma vulnérabilité. »

Mes excuses devaient lui sembler sincères car elle ne s'en moqua pas.

« Demain matin, je vais partir aux aurores, je ne sais pas si j'en sortirai indemne, nous risquons vraiment très, très gros dans cette affaire... Bien que je sache que c'est moi qui aurais dû le faire, je t'en prie, invite Rachid demain pour un thé et explique-lui la situation. »

Elle se redressa sur le lit et me contempla, mi-perplexe, mi-inquiète.

-Jean, il faut de toute urgence que tu dotes ton caractère d'un peu plus d'optimisme. L'optimisme, c'est un élément qui fait de chaque journée, même éprouvante, une expérience enrichissante.

-Plus facile à dire qu'à faire...

-Tu ne dois pas en faire tout un drame non plus avec Rachid. Tu lui expliqueras quand tu seras revenu. Que veux-tu que je lui dise? De plus, il trouverait cela peut-être bizarre que je l'invite à un tête-à-tête.

-Mais non qu'est-ce que tu racontes!

-C'est...c'est dur à expliquer, mais cela allégerait ma conscience si tu l'invitais. S'il-te-plaît, fais le pour moi. Pas pour mon ego.

Je la suppliai du regard. Je ne savais pas moi-même pourquoi, mais une sorte de voix intérieure semblait me répéter qu'il fallait l'inviter.

« Bon... pour ta conscience... » me fit-elle avec un clin d'œil malicieux. Cela faisait certes 22 ans que nous nous connaissions, mais je m'étonnai tous les jours de la patience et de la bonté de ma femme. 22 ans... quand nous nous étions jurés le "pour le meilleur et pour le pire", jamais je n'aurais pu imaginer que je serais un jour obligé d'avoir recours à la criminalité pour payer une dette. La vie était parsemée d'imprévus, quelque part, il était stupide de planifier son futur... 22 ans... nos nuits de noces me semblaient être si lointaines et pourtant, quand je la vis si proche de moi en chemise de nuit, je me dis que cette distance n'était peut-être qu'une simple illusion. Je ne vais pas vous cacher le fait que j'eus très envie d'elle. Je n'avais même pas besoin de la voir en plus jeune pour la désirer, car ses magnifiques yeux émeraudes étincelaient dans ce monde bien gris et pâle. Jadis, ce furent ses yeux qui me firent craquer pour elle. D'autres auraient peut-être craqués pour ses cheveux ou son corps mais, pour moi, les yeux sont plus honnêtes. Les yeux ne peuvent être revêtus de capes ni de masques, ils sont la seule fenêtre transparente avec vue sur le cœur. Cela devait bien faire deux mois que nous n'avions plus fait l'amour, cependant je voulais absolument m'adonner une dernière fois au plaisir charnel avant cette entreprise périlleuse. Je répondis à son clin d'œil par un simple regard qui voulait tout dire. La nuit que nous passâmes fut remplie de purs instants de bonheur et de jouissance. Ce n'est que la sonnerie stridente du réveil qui m'arracha à cette idylle passagère et me replongea instantanément dans la bien triste réalité. Le bonheur et le malheur sont deux contrées lointaines dans la pensée, mais dont la frontière peut être franchie d'un instant à l'autre. Étant petit, on m'a dit que les douaniers du bonheur étaient plus regardants que ceux du malheur...

Chapitre VII: Une entreprise périlleuse

Treize heures plus tard, après une journée entière de route, j'arrivai enfin à Collioure. Cette traversée verticale de l'Hexagone me sembla d'autant plus bizarre que j'étais seul dans la voiture durant tout le voyage, sans famille, sans amis, juste seul. Ces conditions étaient évidemment propices à une sorte de réflexion où se mêlaient angoisse, incertitude ainsi qu'une belle et bonne quantité de stress. Pour être honnête, j'appréhendais sérieusement de fréquenter des gens si peu recommandables. La demande de Monsieur Thomson concernant l'interdiction de communiquer avec le monde extérieur n'était peut-être qu'une simple mesure de précaution, mais je la trouvais extrêmement louche. Exempt du moteur de recherche Google, j'avais photocopié la veille la description pour arriver au bar "La Pinède". Tout compte fait, il était un peu excentré de la petite ville, ce qui me facilitait la tâche de me "débarrasser" de la voiture. Je finis par trouver un parking à une centaine de mètres du bar et m'y rendis à pied, n'emportant avec moi que mon bon vieux sac-à-dos de montagnard. Un petit vent venait de se lever et rendait la chaleur presque supportable. Depuis le début de l'après-midi, j'avais espéré l'arrivée d'orages par les Pyrénées, en vain. Il était écrit que je devais transpirer. Quelque part, je ne pouvais pas me plaindre quand je pensais aux trombes d'eau que Saint Pierre avait fait tomber deux jours auparavant en région parisienne... Je longeai la plage où les premiers touristes de l'année profitaient du soleil méditerranéen. Jamais je n'aurais pu imaginer retourner à Collioure dans de telles conditions, côtoyant toute cette foule de touristes insouciants avec la conscience d'un homme dont l'équilibre était menacé.

Arrivé devant le "bar", j'eus un mouvement de recul. L'appellation "bar" me sembla quasi élogieuse car j'aurais plutôt décrit ce bâtiment comme une baraque à frites. Seuls quatre ou cinq motards consommaient une bière devant la porte d'entrée. Mes deux "complices" ne pouvaient en faire partie. Je franchis le seuil de la porte, ou plutôt du trou dans le mur, et dus en premier adapter mes yeux à l'obscurité ambiante. Derrière un comptoir en bois pourri, je distinguai quelques verres en désordre. C'est alors que deux masses surgirent de l'ombre et me firent face. La plus large des deux fit un pas en avant, me considéra de haut en bas et tonitrua avec un fort accent:
« C'est vous Pignault? Suivez-nous. »
Ils ouvrirent la marche et je les suivis docilement. Mon interlocuteur m'ouvrit une porte qui donnait sur une cour intérieure avec une table de camping, m'indiqua une chaise d'un geste rempli de dédain et articula:
« Bière? Whisky? Tonic? »
« Juste une bière » répondis-je sèchement.
Ce n'était pas dans mes us et coutumes de ne pas utiliser une quelconque forme de courtoisie, mais ce genre d'individu était l'incarnation même de la muflerie et de la brute.

94

Je n'incite pas mes lecteurs à se comporter comme des malotrus, mais ce genre de personnes considèrent aisément la simple politesse pour de la faiblesse. Il s'en alla, me laissant avec son acolyte qui n'avait pas encore prononcé une seule syllabe. Vu l'attitude dominante de l'autre, j'en conclus qu'il devait être le chef de "bande". Le "dominé" avait peut-être 25 ans, de stature moyenne, les yeux bleus et des cheveux bruns. Il faisait une mine renfrognée et semblait fixer je ne sais quoi par terre, la tête baissée. Je lançai, pour détendre l'atmosphère quelque peu pesante:

-Une bière, c'est rafraîchissant...

-Euh... mouais c'est vrai.

-Comment vous appelez-vous?

-Charles.

-Vous allez bien?

-Ouais, ouais ça va.

Je sentis que cette conversation ne mènerait nulle part. Voyant que le jeune homme n'était pas dans son assiette, je me tus en attendant le retour de la brute. Elle ne se fit pas trop attendre et me servit une bière tiède. Peut-être était-ce dû au fait que je me trouvais en position assise, mais la brute possédait un physique impressionnant. Par simple prudence, il valait mieux se la mettre dans la poche... Elle dit:

« Moi c'est Nico. Pignault, l'patron m'a dit d'vous expliquer not' boulot. Lui a souligné le fait q'le travail de groupe est trèèèsimportant pour réussirrr. »

Son accent avait une tonalité effroyable et la rédaction en

est assez pénible. Pour faciliter la lecture à mon très cher public, j'ai retranscrit son baragouinage dans du français correct. Je superposai mes jambes et croisai mes bras tout en le regardant d'un air défiant. La tenue corporelle était déterminante, il fallait contrecarrer sa supériorité physique par de la vivacité d'esprit. A plus forte raison si nous devions passer deux jours ensemble...

-Assieds-toi, Nico, je t'en prie.

-Je préfère être debout Pignault.

-Soyons simples, restons-en au tu mon cher Nico... Explique-moi ton problème.

Prendre mon interlocuteur à la légère et le traiter avec condescendance c'était peut-être de la provocation, mais j'avais un peu envie de m'amuser.

-Je ne suis pas ton cher Nico, t'as capté?

-Ne nous échauffons pas pour si peu, Thomson m'a dit que tu me détaillerais notre tâche.

-Tu as parlé à Thomson lui-même? me demanda-t-il profondément choqué. J'entrevis la possibilité de m'imposer face à cet abruti:

-Bien sûr, pourquoi? Pas toi?

-Mais jamais! Monsieur Thomson n'opère qu'à grande échelle et, ni moi, ni Charles ne lui avons jamais parlé. Ses ordres passent toujours par l'intermédiaire de Leduc. Que t'a dit Thomson?

J'étais sur le point de leur dire que Thomson était un ami de longue date et qu'il m'avait chargé de la mission, mais je me ravisai. Cet homme avait peut-être l'air débile, mais cela n'excluait pas quelconque fourberie de sa part. Je ne devais pas oublier que j'avais à faire à des professionnels de la criminalité. Je restais prudent.

« Il m'a dit que tu m'expliquerais notre tâche. »

Ma réponse n'était pas compromettante. Je me réservais différentes options. Il sortit un papier de son pantalon où il semblait avoir écrit quelque chose. Je fis de gros yeux: la brute savait donc écrire! Il "m'initia":

« Euh bien... Vers 10 heures, nous irons en camionnette blanche sur la plage déserte. Charles et toi vous descendrez vers la mer, pendant que je resterai en haut. Un bateau à moteur s'y trouve déjà, d'après mes souvenirs, vous n'aurez pas à le tirer trop loin car la marée devrait être haute. »

Je tressaillis, j'avais horreur des bateaux à moteur. Âgé d'une vingtaine d'années, j'étais parti en voyage, en Tunisie, avec des amis de la FAC. Nous avions pris un bateau à moteur pour faire un tour au large, le carburant nous manqua et sans l'intervention miraculeuse des gardes côtiers, une tempête nous aurait emportés... Depuis, j'en ai conservé une phobie monstre. Nico enchaîna:

« Il faut que vous observiez le large, un bateau mouille à deux ou trois milles marins. Nos complices répéteront un signal lumineux sept fois. Vous mettrez le bateau à moteur en route et le couperez à un quart de mille pour ne pas éveiller de soupçons. Il n'y a que deux complices à bord. L'un de vous deux s'y rendra à la nage pour prendre le colis en charge. »

Cette fois-ci, c'en était trop, je ne pouvais plus longtemps cacher mon appréhension:

-Un quart de mille à la nage? Le colis doit être lourd en plus!

-C'est pas mon problème, partagez le travail! Tu nages à l'aller et, Charles au retour par exemple.

Ah, d'accord! J'allais nager à l'aller et Charles au retour... Je me suis instantanément posé la question pourquoi Dieu créait, de temps à autre, même plutôt assez fréquemment, des individus complètement débiles. Peut-être s'ennuyait-il, peut-être voulait-il mettre à l'épreuve (au sens propre comme au sens figuré) les individus qui ne le sont pas. Vous me direz qu'il faut de tout pour faire un monde...

Trois heures plus tard, je me retrouvai à bord du "Flamant rose" en direction du colis qui pouvait me sortir de cette situation si difficile. La prévision de la brute concernant la marée s'étant avérée fausse, nous avions tiré tous deux le bateau à moteur jusqu'à la mer. En réalité, je l'ai plutôt tiré seul car Charles semblait ne disposer d'aucune force physique. Je ne pouvais quand même pas laisser nager ce garçon de si faible constitution pendant un kilomètre. Moralement, car physiquement j'étais plus apte que lui et stratégiquement car Thomson avait bien souligné le fait que je ne serais payé que si le colis arrivait à bon port. De toute façon, on n'est jamais mieux servi que par soi-même. Entre temps la légère brise s'était transformée en des prémices de Mistral et nous fûmes confrontés à des remous faisant tanguer le "Flamant rose". Nous étions peut-être à un mille de la côte lorsque je commençai à trouver le silence pesant, Charles n'était pas muet après tout. Pourquoi était-il si introverti? Je finis par lui demander des détails:

-C'est moi qui vais nager. J'ai conduit pendant toute la journée, un peu d'exercice ne me fera pas de mal. Dis-moi, le colis est gros comment?

-Charles écarta ses deux mains, je l'estimai à 1 mètre et demi sur deux.

-Si gros? fis-je effaré.

Vous devez savoir que la natation ne fait pas partie de mes domaines de prédilection. Cette fois-ci, il me fit l'honneur de s'exprimer:

-En général, oui, mais les colis sont hermétiques à l'eau et flottent. Quand j'y vais avec Nico, il revient toujours en le tirant derrière lui.

-Ah bon, super et merci pour l'information!

Je me tus et observai la vaste mer qui se profilait sur ma gauche. Au Sud-Ouest, je vis les lumières d'une ville, c'était probablement Collioure. Je repensai à tous ces touristes qui sirotent une boisson sur des chaises longues, qui s'amusent, se détendent et ne pensent à rien. Je repensai aussi à mon sort qui avait quelque chose de grotesque en soi. Je repensai à toutes ces choses, mais malgré tout, je ne savais pas quoi en penser. Nos pensées ne servent pas toujours à grand chose, parfois elles nous traversent simplement l'esprit pour nous déstabiliser. Soudain, il éteignit le moteur. Nous étions arrivés à la distance de sécurité. A quelques centaines de mètres, mouillait le bateau de

pêche en question. Je me dévêtis, ne gardant qu'un caleçon pour ne pas, en plus, encourir le risque de me faire
coffrer pour exhibitionnisme.

-De quel côté feront-ils descendre le colis?

-Du nôtre.

-Le vent nous rabat vers le nord, si notre bateau dérive
n'hésite pas à le remettre en marche.

-Okay.

Ses réponses brèves avaient presque quelque chose d'in-
sultant, mais je préférai néanmoins me trouver seul à seul
avec un introverti plutôt qu'avec une brute comme l'autre
lascar. La mer agitée, l'eau froide et des non-complices à
bord du chalutier, j'étais absolument conscient du danger
qui me fixait tel un rapace qui guette un rat des champs.
Lentement, je me glissai dans l'eau froide. Il fallait que je
me dépêche car la marée montante et le vent qui s'intensi-
fiait n'étaient pas des oiseaux de bonnes augures pour
moi. J'aurais pu écrire que j'avais réparti mes forces équi-
tablement pour ne pas me fatiguer inutilement et vous
m'auriez sûrement pris pour un sportif mais je n'ai pas
l'intention d'enjoliver mon périple. Pour être franc, rien
que l'aller fut un véritable supplice. Les éléments m'ont
clairement fait sentir que j'étais petit et faible face à eux. A
tribord du chalutier se trouvait une échelle à laquelle je
me suis agrippé pour reprendre un peu mon souffle. Je
perçus des hommes parler à haute voix, d'après ce que je
compris il était question de femmes et d'argent: comme
toujours. Au fur et à mesure que les minutes passaient, je
commençais à avoir les membres qui s'engourdissaient.

L'eau n'avait pas encore eu le temps de se réchauffer depuis l'hiver et je la trouvai glaciale. Sachant que je ne pouvais pas monter à bord, je fus contraint de patienter dans une position peu confortable. Les voix se turent. Pendant une demi-éternité, je n'entendis plus rien, mis à part le vent qui bramait à cœur joie tel un cerf qui a trouvé sa biche (pour mes lecteurs qui n'auraient jamais été accrochés à une échelle en pleine mer par un soir de tempête en attendant un paquet rempli de marchandises douteuses, et qui ont besoin d'un chiffre pour définir ou juger ce que j'ai enduré, j'ai aussi pensé à vous: il s'agissait peut-être de 10 à 15 minutes). Puis un bruit. Puis de nouveau plus rien. Peut-être n'était-ce pas un bruit après tout, il faut vous dire que ma pensée était un peu troublée et que la nage nocturne m'avait sonné. Puis un bruit, cette fois j'étais sûr de l'avoir entendu! J'en eus d'ailleurs immédiatement la preuve que ce n'était pas une illusion car une voix rauque perça la plainte du vent qui s'accentuait:

« Qui va là? D'où vient ce bruit? »

Des pas feutrés s'approchèrent, un froissement de tissus se fit ouïr et je vis comment une main arrimait un paquet à une corde. Cette main qui semblait flotter dans l'air me frustra plus qu'elle ne me fit peur. Oui, elle me frustra. Vous ne savez peut-être pas que j'ai horreur des choses sur lesquelles je n'ai aucune emprise. A plus forte raison, si je ne les connais ou ne les vois pas. Quelque part, j'étais à la merci de cette main qui devait agir sans se faire remarquer par les autres membres de l'équipage. La moindre erreur de sa part pouvait tourner à la catastrophe pour moi. Heureusement, il n'en fut pas ainsi. Lorsque le paquet arriva à ma hauteur, je m'empressai de le décrocher d'une main et me lançai de nouveau dans l'eau froide, le tirant derrière-moi. Il n'y a rien de glorieux à nager en caleçon pour ramener un paquet douteux 500 mètres plus loin, mais curieusement, le simple fait de pouvoir faire quelque chose par moi-même redonna un nouvel élan à mon aventure. Contrairement à l'aller, qui avait été un véritable calvaire, je n'ai pas gardé de souvenir désagréable du retour. J'étais déterminé à ne pas laisser envahir ma pensée par les éléments déchaînés. Celle-ci devait rester un havre de tranquillité. Je n'exagère rien si je vous dis que mon esprit faisait tout pour se placer dans l'œil même du cyclone. Si jamais vous deviez un jour vous retrouver dans un col raide et difficile à passer, je conseille à votre esprit de se loger dans l'œil du cyclone. C'est un endroit énigmatique où l'on assiste à la tempête aux premières loges. Vous ne pouvez en faire de même avec votre corps, on ne peut échapper à la réalité que par la pensée.

La mer écumait de rage et quand je parvins enfin au "Flamant rose", Charles m'aida à me hisser de toutes ses forces hors des flots. Éreinté, je m'allongeai sur la partie avant du bateau pour reprendre mon souffle. Avec consternation, mêlée d'un tantinet de dégoût, je constatai une fois de plus que mon endurance physique n'était plus ce qu'elle fut jadis. Cher lecteur, si par hasard vous deviez avoir moins de 30 ans, je vous encourage à bouger autant que vous le pouvez. Tôt ou tard, vous aussi vieillirez et croyez-moi le regret de ne pas avoir assez bougé n'est pas un sentiment agréable. C'est un sentiment qui démangera votre conscience durant toute votre vie. Il vous poursuivra comme une méchante ombre, dont vous ne pourrez jamais plus vous débarrasser. Mon épuisement eut cependant un effet bénéfique, il délia la langue du jeune homme qui s'inquiéta de mon état:

« Vous êtes okay? Dîtes-moi quand je peux mettre le moteur en marche, car si vous restez allongé, vous allez tomber à l'eau. »

Ma cage thoracique montait, puis descendait à intervalles très peu espacés et irréguliers. Au bout de quelques minutes, je fis un signe de main pour qu'il mette le moteur en marche et me redressai. La pluie était devenue quasi-diluvienne, je n'avais plus à me poser la question si je devais me changer ou non.

L'accueil que la brute nous réserva fut charmant, un véritable être fin et plein de tact:

-Onze heures vingt, que foutiez-vous!? On n'est pas au Club Med ici!

-La houle était mauvaise et la marée est basse... On a perdu du temps à cause de ça. Et toi, qu'est-ce que tu as foutu?

-Bah, rien je vous attendais, les instructions étaient claires. C'est vous deux qui deviez aller au bateau, pas moi.

Son raisonnement m'énervait, s'il y avait bien une catégorie d'hommes que je ne pouvais pas supporter c'était bien celle des partisans du moindre effort. Ce sont exactement ces personnes là qui critiquent votre travail, quoi que vous fassiez, pendant qu'eux se tournent les pouces en sifflotant. Il m'arracha le paquet des mains et le balança au fond de la camionnette. Le pauvre Charles semblait complètement outragé par la façon d'agir de son acolyte. Je me rhabillai à l'abri du coffre ouvert et demandai:

« Et où allons-nous maintenant? Que disent vos instructions? »

« Nous roulerons de nuit jusqu'à un petit bled nommé Gimel-les-Cascades où nous passerons la journée. »

Mon cœur fit un bond. Mais quel hasard, je connaissais Gimel! C'était un petit village situé à une demi-heure de la maison de ma grand-mère où j'avais passé toutes mes vacances d'été quand j'étais gamin! Si nous passions par la Corrèze, le département vert qu'il ne fallait pas rater, alors tout ce périple me sembla bien moins terrible que je ne l'avais appréhendé. Instantanément, je retrouvai ma bonne humeur. Cependant, les mots de Nico la dissipèrent déjà quelque peu:

« Les contrôles policiers sont plus fréquents de jour et notre camionnette a été signalée. Il faudra rouler sur des routes nationales autant que nous le pourrons. »

Charles, inquiet, posa la question:

« Qui doit conduire ce soir? »

« C'est moi. Toi tu t'occupes de la carte. Jean, tu rouleras jusqu'en Picardie demain après notre étape à Gimel. »

Le plus gros du travail me reviendrait, mais bon, je ne devais pas reprendre le volant le soir-même. C'était déjà cela! Je pris place sur la banquette arrière de la camionnette, un vieux modèle Renault qui avait presque 20 ans d'âge et le tacot démarra.

Un besoin imminent de faire un petit somme s'empara de moi, besoin auquel je ne pus résister très longtemps. Je rêvai d'une histoire assez confuse: je présentai un projet sur l'économie dans un chalet à la montagne et je me rappelle que je le bâclai pour le terminer le plus vite possible car je voulais faire du ski avec mes parents. Je suis sûr qu'il vous arrive aussi de faire des rêves désordonnés où vous ne voyez aucun lien. Faites-moi le plaisir de ne pas aller voir de psychanalystes, ce sont des charlatans diplômés qui vous extirperont de l'argent, tout en vous racontant du pur et simple n'importe quoi. Chaque individu est unique, par conséquent il ne peut exister de méthode universelle pour décrypter les rêves.

Je baillai. Un regard à ma montre: deux heures moins le quart, j'avais dormi pendant plus de deux heures. La pluie ne faiblissait toujours pas et le moteur de la vieille Renault faisait un effroyable tintamarre. Charles et Nico ne disaient mot, silencieux comme à un enterrement. Je ne dis pas que j'appréciais leur compagnie mais la monotonie de la route à virages, qui ne semblaient plus finir, me décida à engager la conversation. Je changeai de place pour le siège du milieu afin d'être entendu de tous deux et commençai:

-Ah! Une petite sieste qui m'a retapé... Où sommes-nous au juste?

-Bientôt à Castres, en général nous mettons 7 heures pour rejoindre Gimel.

-Vous le faites souvent ce trajet?

-Oui, c'est le trajet habituel. En général 4 à 5 fois par mois.

-Toujours à deux?

-Avant on avait un troisième gars, Ricardo, mais ça fait peut-être deux mois qu'il s'est fait coffrer par les flics pendant qu'on prenait de l'essence dans une zone commerciale. On a réussi à s'échapper de justesse en les semant par des routes qu'on connaît bien, mais ils ont dû noter la plaque d'immatriculation. Entre-temps, on en a placée une fausse devant, mais il y a sûrement un avis de recherche pour une camionnette blanche.

Je ne devais pas paniquer, si la police ne les avait pas arrêtés en deux mois pourquoi devrait-ce arriver pendant notre trajet? Je rejetai cette pensée très désagréable.

-Ce Ricardo, tu penses qu'il leur a livré des informations?

-Je ne crois pas, de toute manière il avait baigné dans la vente de drogue en banlieue toulousaine. C'est peut-être pour ça qu'ils l'ont arrêté.

-Ça te dérange si je te demande pourquoi tu pratiques ce commerce?

-Non, non. C'est parce-qu'on est bien mieux payé que si on faisait un boulot convenable.

-Ah oui, tu gagnes combien?

-Par mois 3000 balles, mais si je vendais de la drogue je

gagnerais bien plus.

-Je ne suis pas ta logique... Tu fais ce boulot pour gagner plus, alors qu'il existe d'autres possibilités de gagner encore plus?!

-Oui, car moi je suis peut-être un dur, mais pas un salaud. Quand j'étais petit j'ai vu comment mon frère est devenu dépendant de ces saletés. Il se piquait toujours avec des seringues et un jour il a attrapé le sida. Lundi dans deux semaines, ça fera 8 ans qu'il en est mort.

-Je... euh... je suis désolé. Je ne savais pas.

-C'est pas grave, ça fait longtemps.

-Mais pourquoi ne pas faire un autre truc? C'est quand même risqué de faire de la contrebande! Tu vois bien, Ricardo...

Il me coupa la parole net:

-Lui c'est différent. De toute façon, quand ton seul diplôme c'est le brevet tu n'as aucun débouché potable en France. Les gens te considèrent de haut, l'état et les patrons te volent. Avant, ça aurait encore passé mais depuis que le gouvernement a imposé la nouvelle loi du travail, les employés sont à la merci de leur patron.

-Que lui reproches-tu donc à cette loi?

-Elle retire tous les droits aux employés. Il n'y a plus que la CGT qui est prête à les défendre.

-Défendre? Ce n'est plus défendre lorsqu'elle menace l'ordre publique. Sais-tu que la France est une cible privilégiée de Daesh, surtout en ce moment? Dans trois semaines la coupe d'Europe commence, et tu penses que les forces de l'ordre n'ont que ça à faire pendant ce genre d'événement? La CGT se présente comme le Messie des travailleurs, alors que ses leaders sont des opportunistes et des agitateurs. Écoute la chanson "Je retourne ma veste" de Jacques Dutronc. Ce sont les mêmes, qui par derrière, possèdent des yachts et plusieurs résidences secondaires.

-C'est un argument de capitaliste Jean, tu dis ça parce que tu es riche. Je peux t'assurer que le travailleur souffre, j'ai travaillé dans une usine à la chaîne pendant 5 ans avant de me lancer dans la contrebande. J'en avais ras-le-bol de vivre avec 900€ par mois.

-Ce n'est pas parce que je ne suis pas communiste que je suis forcément capitaliste. Quelque part oui, je suis pour une forme de capitalisme, mais une forme plus équitable, la méritocratie. Peu de gens en ont entendu parler et encore moins la connaissent.

-Bah voilà! Tu viens de le dire toi-même, tu es pour une forme de capitalisme.

Au fond de moi-même, je dus soupirer profondément. Certaines personnes tiennent des discours politico-économiques comme si elles menaient des recherches plus poussées que François Lenglet, alors qu'elles raisonnent encore avec une logique de jeu d'enfants comme "Les gentils contre les méchants". La politique et l'économie sont cependant des terrains de jeux bien plus subtils, où mis à part les deux extrêmes, on retrouve du vrai dans toutes les théories.

« Soyons chacun comme nous sommes, Nico... Quelque part, les communistes valent les capitalistes... »

Peut-être auriez-vous continué à mener le débat avec un interlocuteur comme celui-ci pour vous imposer face à l'ignorance, mais sachez que l'on ne combat effectivement l'ignorance que par le silence. De toute manière, je savais par expérience qu'il valait mieux se concentrer quand on conduit, à plus forte raison de nuit.

Malgré ma tentative de socialisation, Charles n'avait toujours pas quitté son mutisme, semblant fixer un point sur le pare-brise. Je me jurai de lui parler en tête-à-tête, dès que nous en aurions l'occasion. Le jeune homme avait sûrement des problèmes personnels qu'il ne pouvait ou ne voulait pas dévoiler devant ce mâle dominant. Je me tus et me mis à méditer sur mon sort. Comment allaient mes proches? Rachid m'en voulait-il? Cette aventure finirait-elle bien? J'y pensais, bien qu'étant conscient du fait que penser ne changeait pas la donne. Au bout de quelques minutes, je me suis mis à prier comme le fait un bon croyant, que son cœur soit rempli de désespoir ou d'espoir. Si je ne pouvais plus changer la donne, Dieu le pouvait peut-être...

Chapitre VIII: Traversée de l'Hexagone

Au petit matin, nous sommes arrivés à Gimel-les-Cascades. Le rideau de nuages ne s'était toujours pas levé, mais mon œil aguerri à un ciel couvert devinait un soleil pâlichon se cachant derrière les collines de feuillus corréziens. Gimel-les-Cascades est un village pittoresque très prisé des touristes pour ses cascades en aval du bourg. Ne comptant que 750 habitants à l'année et bénéficiant de la réputation d'un coin plutôt tranquille, nous n'avions donc pas à craindre d'éventuelles irruptions spontanées des forces de l'ordre. Faisant partie des personnes croyant que l'on était sûr nulle part, j'avais habilement évoqué la possibilité de garer la camionnette dans des fourrés dans les alentours, plutôt que de choisir une esplanade donnant sur un point de vue touristique. Nico, doté d'une expérience largement supérieure à la mienne, m'avait assuré que la civilisation constitue une cachette de prédilection des hors-la-loi. Je dois vous avouer que je ne m'étais jamais vraiment intéressé au terme "hors-la-loi" auparavant. En général, quand on mène une vie rangée de petit bourgeois, on ne s'attend pas du tout le devenir un jour. Pourtant, cher lecteur, personne n'est à l'abri de chamboulements dans sa vie. Peut-être, qu'un jour vous aussi endosserez cette veste, à contrecœur ou non, alors ne criez pas trop fort sur tous les toits que vous copinez avec la loi. Sans vouloir critiquer certains juristes l'ayant étudiée pendant des années, je trouve qu'elle n'est pas une amie très fiable que l'on peut fréquenter insouciamment. Il lui arrive qu'elle se retourne contre vous, sans crier gare, alors que vous pensiez l'avoir mise dans votre poche.

Notre "lieu de recul" pour la journée était l'ex épicerie du village, une vieille bâtisse en pierres typiques de la région. La maisonnée à moitié abandonnée, deux personnes très peu communicatives, et ma perpétuelle envie de bouger firent en sorte que je sortis très vite pour faire un tour dehors. L'horloge de l'église indiquait alors 9 heures et demi. La procession du lundi de Pentecôte n'était pas encore terminée et les quatre cloches massives de l'église n'avaient pas encore sonné. Cela faisait des mois que je n'avais pas mis les pieds à l'Église pour différentes raisons. Dans l'Évangile selon Matthieu, il est certes écrit: "Mais toi, quand tu pries, retire-toi au fond de la maison, ferme la porte et prie ton Père qui est présent dans le secret." Malgré tout, je ne peux nier un sentiment de culpabilité de ne pas m'y rendre plus souvent. J'ai toujours bien aimé les lectures d'extraits de la Bible par le curé.

La place était presque déserte, seules deux femmes âgées faisaient leur promenade matinale. Sans vraiment savoir pourquoi, je m'engageai dans une ruelle, puis dans une seconde et encore une autre. Peut-être que ma conscience ne souhaitait-elle pas rencontrer de vieilles dames, mais je finis malgré tout par me retrouver sur la place en présence de ces deux femmes. Je m'approchai de plus près et tombai des nues en voyant Prunelle. C'était incroyable, je n'en revenais pas. Le hasard fait parfois bien des choses... Jamais je n'aurais pu imaginer la revoir dans un endroit aussi perdu...

Je pense qu'il faut différencier deux types de rencontres inattendues: la première est une rencontre à laquelle notre inconscient s'attend, la seconde notre inconscient ne s'y attend pas. Bien que je n'aie pas mené une conversation avec mon inconscience, je suis sûr que cette rencontre appartient à la seconde catégorie.

Nous avons du passer cinq minutes à répéter: "Mais quel hasard!", avant que je lui demande ce qu'elle faisait ici. Prunelle m'expliqua:

« Après le lycée, j'ai d'abord fait des études aux Beaux-Arts avant de devenir historienne. J'ai ensuite travaillé dans divers instituts de recherche. Depuis trois ans, j'habite à Bordeaux avec mon mari et mes deux enfants. Actuellement, je travaille sur un projet visant à contacter tous les survivants de l'Holocauste juif n'ayant pas encore parlé. Les témoins d'époque engagés pour cette cause sont souvent fatigués et lassés de rabâcher toutes ces histoires. Ce sont des personnes âgées. Mon travail consiste à parler aux "muets". Je pense que ça leur fait du bien. Bientôt, ils ne feront plus partie des nôtres et ce serait une perte considérable qu'ils ne nous aient pas livré leurs témoignages. C'est un travail très éprouvant. Jean, Madame Rosenberg. Madame Rosenberg, Jean. »

Madame Rosenberg se promenait avec un petit cabas et me dit:

« Votre amie Prunelle a témoigné beaucoup d'affection à mon égard. Elle a même proposé de m'aider dans la rédaction de mes mémoires, mais je ne me sens plus d'attaque. De toute façon, je n'ai pas vraiment de message à transmettre aux générations futures. Mon témoignage est semblable à celui des autres. »

« Madame, je ne suis pas d'accord. Chaque individu devrait faire passer un message à l'humanité. Ne pas le faire, c'est refuser de partager son savoir qui pourrait un jour être utile à d'autres. Voyez vous-même où en est arrivée l'humanité. La montée des tendances nationalistes en Europe, celle du totalitarisme, des intolérances envers les minorités... La société française est divisée. Chaque soir, le monde s'endort avec plus de rancœur qu'au lever du jour. »

Elle m'interrompit sèchement.

-Pourtant, j'affirme que vous allez bien.

-Si seulement vous disiez vrai.

-Pourquoi? Y a-t-il quelque chose qui ne va pas?

J'aurais dû leur faire confiance et leur expliquer ce que je faisais réellement, que je m'étais engagé dans un réseau de contrebandiers. En fait, mon intention était de ne pas décevoir Prunelle, qui jadis avait connu mes espérances à l'aube de la vie. J'avais aussi honte d'en être arrivé là.

Madame Rosenberg dit:

-Certes, je ne vous connais pas personnellement, mais personne ne manque réellement de quoi que ce soit aujourd'hui en France. Ne prenez pas ma critique à titre personnel car j'ai constaté que cette mentalité est très répandue parmi les français. Beaucoup de nos concitoyens tombent dans la démagogie, critiquent tout, estiment que la donne est meilleure à l'étranger, se sentent encore coupables pour la colonisation ou la collaboration avec les nazis.

-Tout ça est évidemment du gros et pur n'importe quoi.

-Certes, il ne faut pas minimiser l'importance de la mémoire. Effectivement, le devoir de chaque Homme conscient est celui de se recueillir sur les lieux où la dignité humaine a été bafouée. Face à un monde en déroute, nous devons préserver la fébrile lueur qu'est la conscience à l'abri des vents. Mais je pense qu'il existe un premier temps destiné à analyser le passé, et un second à préparer le futur. L'humanité ne devrait pas s'attarder à passer de manière active à la seconde étape.

Bien qu'étant profondément d'accord avec les mots de mon interlocutrice, je n'ai pas pu réprimer une moue car je pris ses constatations à titre personnel. Madame Rosenberg affirma:

« Je vous prie de bien vouloir pardonner mon insistance Monsieur Pignault, mais avant que vous me rappeliez quel est mon devoir, je souhaiterais que vous effectuiez le vôtre: contribuer à un monde meilleur dans lequel il n'y aura plus de place pour la haine et que la Shoah ne se répète plus jamais contre quelconque minorité. »

En général, les Hommes acquiescent lorsqu'ils entendent

ce genre de phrases. Je n'ai pas acquiescé. J'acquiesce seulement lorsque j'ai compris quelque chose. Or là, je n'avais pas compris.

« Je pense que je ne suis pas quelqu'un de haineux, et que je ne vais pas organiser un génocide dans les quelques années qui me restent à vivre. Ce n'est pas pour autant que je participe à la construction d'un monde meilleur. »

« C'est là que vous vous trompez. Les Hommes ont tendance à sous-estimer l'importance de la pierre qu'ils apportent, à l'édifice qu'est l'humanité. Chaque pierre est d'une importance que je qualifie de primordiale. Tenez, prenons l'exemple d'un mur. S'il vient à manquer une brique, alors les rangées supérieures seront moins solides quittes à devenir même branlantes. L'édifice risque alors de s'effondrer. En avez-vous saisi l'importance? Au fond, les hommes sont comme les enfants, ils ont besoin d'images pour comprendre... » fit-elle en souriant.

Malgré la détermination dont elle faisait preuve, cette femme dégageait une tendresse exceptionnelle. Je n'exagère rien si je vous dis que j'étais littéralement sonné. Ma promenade matinale avait perdu de son intérêt. L'atmosphère semblait se charger pour la énième fois de menace orageuse. J'ai donc fait mes adieux à Madame Rosenberg tout en lui certifiant de propager sa parole et de faire mon devoir. Prunelle me promit de m'écrire par Facebook. Si nous nous étions rencontrés 15 ans auparavant dans les mêmes conditions, alors nous aurions échangé nos adresses et nos numéros de téléphone, mais de nos jours les gens restent en contact par Facebook. Oui, c'est triste, mais que voulez-vous, telle est notre société. Avouez, quelque part, c'est sidérant que vous soyez d'accord avec moi mais que malgré tout, vous ne changiez pas vos habitudes! C'est déroutant. Par contre, n'interprétez pas de travers, je n'ai pas dit que je faisais mieux!

L'après-midi fut d'un ennui épouvantable. Voyant que la pluie diluvienne tombait à seaux, je me réfugiai dans la vieille bâtisse pour tenir de nouveau compagnie à mes acolytes. Même les précipitations accrues ne rendirent pas la conversation plus fluide. D'ailleurs, l'on ne peut pas décrire ceci comme une conversation. Peut-être que, une fois toutes les demi-heures en moyenne, un de nous trois lâcha un:

« Eh ben, c'est pas prêt de se terminer. »

La vie n'est pas constituée uniquement de moments où l'on apprend et voit des choses. Parfois vivre passe par une étape où l'on ne fait rien. Absolument rien.

Le lendemain, à l'aube, nous quittâmes la Corrèze, ses cascades, sa tranquillité, Madame Rosenberg et ses messages. Je n'ai pas en mémoire d'avoir vécu une journée de conduite plus éprouvante que celle-ci. Les routes nationales étaient extrêmement chargées et mes deux passagers boudèrent jusqu'en début de soirée au sujet de documents révélateurs perdus.

C'est à de gros ronflements venant de la banquette arrière que j'en déduisis que Nico dormait. Au début, cet homme m'avait inspiré beaucoup de dégoût, mais entre temps, ce dégoût s'était mêlé à une sorte de pitié teintée même de compassion. Après tout, il n'avait pas eu de chance et était condamné à faire partie des marginaux à vie. Comme nous nous éloignions de Paris, je me rappelai m'être juré de découvrir les raisons du silence de Charles. Je m'étais montré humain avec lui, il me les dévoilerait sûrement:

-Charles, en ami. Que s'est-il passé pour que tu sois triste à ce point?

-Quoi? Rien... hum je ne suis pas triste.

-Écoute-moi. Je ne suis qu'un être humain comme toi, je peux t'aider peut-être...

Il se retourna, craintif, pour s'assurer que la brute dormait. Je tentai de l'apaiser.

-Ne t'inquiète pas, le guignol dort à poings fermés.

-Bon, mais tu ne le diras à personne. Me le promets-tu?

-Oui.

Cher Charles, je te prie de bien vouloir accepter mes excuses d'avoir trahi ta confiance en écrivant ce roman, mais je ne crois pas que tu m'en veuilles longtemps... Il hésita un peu, mais finit par se lancer:

-Avant de devenir criminel, je travaillais comme apprenti chez un maître pâtissier. Cela ne rapportait pas assez, c'est pour cela que je me suis lancé dans la contrebande. Tous les jours, à la même heure, venait une fille aux cheveux bruns qui s'asseyait toujours à la même place. Mon attention fut très vite attirée par elle et nous avons fait connaissance.

-A tout hasard, en serais-tu tombé amoureux?

-Oui, rougit-il. L'histoire est compliquée. Elle peignait la petite place où se trouvaient une fontaine, un chêne et des commerçants . Je me suis passionné pour sa peinture. Au début, je pensais que mon intérêt pour l'art avait pour origine l'amour pour cette fille, mais j'ai constaté que tel n'était pas le cas. Un jour, elle est partie. Je ne la reverrai plus, mais les bons souvenirs et la passion pour la peinture sont restés. Mon rêve est de dessiner, de peindre. Peindre notre monde. Notre monde a besoin d'être peint. Écrire, ce n'est pas suffisant, car les langues évoluent et les coutumes changent. Par contre, tout le monde peut comprendre une toile.

-Il y a du vrai dans ce que tu dis. Moi, par exemple, je ne sais ni dessiner, ni peindre... me suis-je plaint.

-Moi si, sourit-il.

Ses traits s'étaient décontractés! J'avais vraiment bien fait de lui parler! J'encourageai donc mon nouvel ami Charles.

-Tu sais ce que tu dois faire avec tes rêves angéliques? C'est facile, leur tenir une valse endiablée! Tu ne dois pas hésiter !

-Crois-tu que les rêves peuvent se périmer comme un produit alimentaire?

-Sache que ton cœur rêve. D'abord un peu, puis beaucoup. Mais tôt ou tard, il s'épuise. C'est alors qu'il te demande de prendre la relève et te met les clefs en main. Ne méprise pas sa prière, tourne la clef dans la serrure et accomplis-les! Tu dois faire quelque chose mon bon Charles!

-Mon cerveau n'est pas toujours très tolérant envers mon cœur, il ne l'écoute pas.

- Fais-moi le plaisir d'écrire le livre de ta vie avec ton cœur.

-Mais si je l'écris, alors les serpents siffleront. Ils n'ont pas de cœur.

-Certes, mais ils ne mordent que si tu t'arrêtes. Tu persévéreras, et tôt ou tard, ils se lasseront.

-Et si j'échoue?

-Je suis persuadé de ta réussite. La seule chose qui se passera est que ton cœur sera empli de fierté et tu seras ému. L'Homme a des millions de pensées, des milliers d'idées et fonde des centaines de projets, dont la plupart restent en l'air. Donc quand de temps à autre, une simple pensée se transforme en un projet abouti, alors l'Homme se retourne et contemple le chemin. Puis l'Homme s'étonne, et l'Homme s'émeut.

Charles inspira plusieurs fois, il inspirait l'espoir. Il me remercia:

« Merci beaucoup, Jean. Quand Nico se réveillera, fais comme si nous ne nous étions jamais parlés. »

Lorsque j'éteignis le moteur, Nico m'agressa de sa voix rauque:

-Tu es grotesque Jean avec tes théories à la con! Tu vois bien que nous sommes beaucoup trop en avance!

-Il vaut mieux être en avance qu'en retard comme on dit... Vous me prendrez peut-être pour un chercheur d'ennuis, mais je vous invite à faire 1100 kilomètres avec deux personnes comme celles-ci et je peux vous assurer que votre patience sera tarie.

-Ta gueule! Tu débarques ici, et tu te crois tout permis! Pour qui te prends-tu?

-N'ai-je pas raison?

-Je m'en fous que tu aies raison ou non. Es-tu idiot d'avoir désobéi aux consignes? Risque zéro, tu sais ce que c'est?

-Non, car ça n'existe pas. De toute façon, il fallait choisir, les routes nationales étant bondées, nous aurions encouru le risque de ne pas arriver du tout. Le "Trans-Channel 21" n'attend qu'une demi-heure avant de repartir. C'est toi-même qui me l'a dit, pour ne pas se faire repérer par les gardes côtiers.

-Et alors?! Dans ce cas-là, nous aurions caché la marchandise dans une grange et serions revenus la semaine prochaine.

Je me mordis la langue pour ne pas lui dire que Thomson m'avait promis un chèque d'un million. Vert de jalousie, il n'aurait pas hésité une seconde à user de la violence sur le champ. Je me rétractai et présentai de fausses excuses:

-C'est vrai. Tu as raison, je suis désolé. Mais ce qui est fait, est fait. J'ai des fourmis dans les jambes, je vais faire un tour dehors.

-Non, tu restes ici, c'est la consigne!

-Je fais ce que je veux. Je vous rappelle que je connais Thomson en personne...

L'argument d'autorité ne manqua pas son effet. Cependant, j'ajoutai par correction:

« Je reviendrai, évidemment, à l'heure donnée. »

Le parking sur lequel j'avais garé le véhicule se trouvait certes déjà sur une falaise, mais il fallait prendre un petit chemin pour accéder à celle qui m'intéressait. Une occasion inespérée, pour une petite promenade d'aventurier, s'offrit à moi. Je m'y aventurai donc et remarquai que mes jambes se trouvaient en compote après 10 heures de route. L'air frais me régénéra. En tant que féru de littérature, j'avais eu l'idée de suivre les pas de Victor Hugo. Vous venez de vous poser la question "Que vient-il faire ici?" et je vous réponds que ce n'est pas par hasard si je l'évoque. Effectivement, c'est l'un des plus grands auteurs français de tous les temps qui a rendu la falaise du Bois-de-Cise célèbre. Il s'y serait fréquemment ressourcé pour méditer, rêver et penser tout en observant les laboureurs de la terre et de la mer.

Le lendemain soir, Petrashov serait remboursé, la sale affaire bouclée et je retournerais à mon travail comme si rien ne s'était jamais passé. Je ferais encore partie du réseau de Thomson, mais pourrais revenir à mon petit train de vie habituel et j'amasserais aisément un million d'ici cinq ans. Cette aventure semblait n'être, rien d'autre, qu'une très mauvaise blague dont je ne garderais qu'un amer souvenir. Enfin non, cette phrase ne reflète pas tout à fait l'état d'esprit dans lequel je me trouvais. Face à la sensation de liberté que me procurait le point de vue extraordinaire, je me suis senti un peu comme un oiseau qui voit le ciel au travers de sa volière. Quelque part, je n'étais pas libre, non, mais plutôt captif de la société, d'une société corrompue. Mon erreur avait été de ne pas m'évader alors que j'étais encore jeune. Jeunes lecteurs, ne comprenez pas cette phrase de travers, je ne vous invite pas à faire une fugue, mais bien plus à suivre vos rêves sans craindre de passer pour un original aux yeux de la société. Il se trouve que, depuis la création de l'Homme par Dieu, la société et les rêves se livrent une guerre sans merci. L'issue de ce conflit reste encore ouverte, car les deux camps comptent plus ou moins le même nombre de batailles gagnées. Peut-être pensez-vous ne pas être assez influent pour amener un tournant décisif, mais je vous assure que leur champ de bataille actuel, c'est vous. Oui, vous! Alors, tendez la main au général que vous préférez! Quelque part, ce n'est pas dur...

Quelle perspective époustouflante s'offrit à moi! La mer est une toile, les nuages sont des filtres et le soleil est un pinceau. Le tout forme une aquarelle en permanente évolution. Si vous faites bien attention, alors vous remarquerez qu'il n'existe pas deux constellations identiques de nuages. Que les tons bleuâtres, verdâtres et violets changent constamment. Que cette aquarelle n'est rien d'autre qu'un chef-d'œuvre intemporel impressionniste. Que n'importe quel Monet, Manet, ou j'en passe, n'est qu'une ébauche maladroite face à cette œuvre d'art vivante. Je pense que je pourrais me promener toute la vie en longeant la mer, si se promener était une profession. J'étais arrivé à un pré et observais les vaches évoluer dans leur enclos. Ce que je vais vous avouer, c'est un secret, alors ne le dîtes à personne, promis? Voilà, j'ai méprisé ces animaux. Ce mépris résultait du jugement intransi-

geant de l'inutilité de leur destinée. Je me suis dit:
« Elles sont bêtes à faire toujours la même chose. Ruminer, paître, dormir, ruminer, paître, dormir... »
Sur le coup, je n'ai pas dressé un parallèle entre les vaches
et les Hommes, mais je vous le dis là, maintenant, en rédi-
geant ces quelques lignes.

Je ne saurais trop vous décrire à quel point j'ai adoré cet
endroit idyllique. Je n'ai entamé le chemin du retour
qu'au moment où le soleil venait de terminer son plon-
geon dans la mer, me propulsant dans la pénombre. Je
descendis de la falaise et traversai un petit bois avec
quelques belles villas qui donnaient sur la mer. J'eus l'idée
d'en acheter une, dès que j'aurai de nouveau suffisamment d'argent. Rien ne s'opposait à changer de destination pour la saison estivale après 13 étés consécutifs pas-
sés à Lacanau. Une rangée de pins surplombait le parking
où j'aperçus de haut la camionnette. Juste à côté, je distinguai de loin deux ombres et respirai: ils n'étaient pas partis sans moi! Arrivé en-bas, j'ouvris la portière avant et ne
vis personne à l'intérieur. Personne! Je ne bougeai plus,
tentant de sonder où pouvaient se trouver les deux
ombres que mes yeux venaient d'apercevoir. On ne pouvait ouïr que les vagues s'écrasant contre les rochers. Rien
d'autre. Je lançai cependant, tel un capitaine se sentant
abandonné par son équipage, un faible:
« Ohé! Je suis là! »
Toujours rien. Le silence était trop pesant pour que je
puisse lui faire confiance. L'ombre d'un doute envahit su-

bitement mon esprit, mais les cloches de minuit avaient d'ores-et-déjà sonné. Soudain, une voix stridente déchira le calme bruit de la mer:

« Police nationale, rendez-vous! Les mains sur le capot! »

Mon sang ne fit qu'un tour. Je n'avais aucune chance de prendre la poudre d'escampette. Mon espoir fondit comme un iceberg que l'on abandonne en plein désert. J'avais échoué si proche du but...

Chapitre IX: La chute

Les policiers me conduisirent au commissariat le plus proche. Les autres, sûrement plus vigilants, avaient passé à travers les mailles du filet. Je considère l'entrevue avec le commissaire comme l'une des expériences la plus pénible que je n'aie jamais vécue. Les fonctionnaires n'étaient pas désagréables, tout au contraire, mais le problème était d'une autre nature. Étant donné qu'ils travaillaient depuis un certain temps sur le démantèlement du réseau, ils n'étaient pas seuls, oh non! Durant leurs investigations, une équipe de journalistes les avait suivis en caméra cachée.

Le commissaire avait peut-être mon âge et ses yeux fatigués laissaient soupçonner un manque de patience. Il demanda:

« Pièce d'identité? »

Je sortis mon porte-feuille et la lui tendis hâtivement.

-Vous admiriez les belles falaises? me questionna-t-il.

-Oui, je tenais absolument à imiter Victor Hugo pour...

-Vous moqueriez-vous? Vous savez très bien pourquoi vous êtes ici, non? cria-t-il.

-Hum... oui, avouai-je penaud.

Il est permis de bomber le torse, tel un coq dans une basse-cour, quand on est dans son droit, comme je l'avais fait quelques jours auparavant avec "Hitler". Cependant, quand on a tort, on souhaite toujours se faire plus petit que la plus menue des souris.

-Mes hommes ont fouillé entièrement la camionnette pendant votre "promenade". Ils ont trouvé un paquet entier de montres de luxe contrefaites ainsi que deux diamants portés disparus par Interpol.

-Deux diamants!? m'exclamai-je.

-Vous n'étiez pas au courant?

-Non, je vous jure.

-Pour qui travaillez-vous tout d'abord? L'état ne se montrera pas ingrat et plaidera pour une durée d'emprisonnement plus courte lors de votre procès, si vous lui livrez les têtes de la bande...

Deux pensées dominaient alors mon état d'esprit. La première était celle que j'allais écoper d'une peine de prison pour contrebande. La seconde était bien pire encore, celle que je devrais vendre mon appartement. En soi, cela m'était égal, j'aurais très bien pu dormir sous un pont pour le restant de ma vie, mais l'inconfort, qui attendait ma femme et mes enfants, me déchirait le cœur. Que penserait mon petit dernier, Pierrot, d'un Papa en prison? Et ma femme? Et mes parents?

Je ne voulais pas dévoiler toute l'histoire avec Petrashov, sachant que la police était, comme bien trop souvent, impuissante face à la mafia. Je ne tenais pas à me retrouver avec une balle dans la tête. Si je n'avais pas eu d'enfants, je leur aurais sûrement déclaré la guerre. Mais j'estime qu'un père de famille n'est pas en droit de jouer avec le feu. Je plaidai donc coupable tout en leur livrant les informations qu'ils voulaient.

-Oui, je suis coupable. J'ai voulu m'enrichir. Le chef de l'organisation se nomme Thomson et réside en Grande-Bretagne. C'est un magnat de l'immobilier, entrepreneur et réputé pour ses investissements dans les articles de luxe, lui expliquai-je.

-Ce serait donc Thomson? Je pensais cet homme au-dessus de tout soupçon, affirma-t-il.

-Oui, c'est Thomson.

-Comment l'avez-vous connu?

Comme vous vous souvenez, je ne me sentais pas particulièrement attaché à John, mais ce n'est pas pour autant que je l'aurais dénoncé. Je ne m'appelle pas Judas.

-Oh vous savez, il y a certaines choses que l'on apprend par des "on dit" dans le monde des finances.

-Était-ce la première fois que vous vous trouviez en possession de cette marchandise?

-Oui.

-Pour l'instant, ce sera tout. Vous êtes libre jusqu'à votre procès, mais n'êtes pas autorisé à quitter le territoire français. Dehors, les journalistes vous attendent. Faites comme bon il vous semble.

De retour chez moi, une surprise m'attendait. Par rapport à ma situation actuelle on pouvait la qualifier de bonne. Pensez cependant à la relativiser, étant donné qu'elle me fit ressentir profondément mon inutilité, et surtout, par-dessus tout, ma stupidité. Ma famille faisait la fête. La première personne qui remarqua ma présence fut ma femme. Dès qu'elle me vit, elle me sauta au cou.

127

Elle débordait de joie.

« On a remboursé la dette. Tout est fini. Nous n'avons plus rien à craindre des russes. Tu peux directement rendre le million à Thomson, nous n'en avons plus besoin. Je suis désolée pour ton voyage superflu. »

Sur le coup, je n'ai pas su quoi dire. Non pas à cause du néant que j'avais à la place du cerveau, mais plutôt à cause du chaos le plus extrême. Certaines personnes font l'éloge du ramage qu'est l'éloquence. Je pense que l'éloquence, ce n'est rien d'autre que la virtuosité à démêler un chaos sous-jacent. Mais aujourd'hui, c'était différent. Mon éloquence ne répondait plus "présente" à mon appel. J'étais bouche bée face à la cascade d'informations qui ne semblait vouloir s'arrêter.

« Nous avons eu une chance incroyable, Jean! Le lendemain après que tu sois parti, j'ai invité Rachid au thé. Comme je lui exposais le problème, le téléphone a sonné. C'est alors que j'ai crié "C'est sûrement Arnaud!" C'était ta mère. »

-Que voulait-elle?

-Prendre des nouvelles, j'ai fait comme toujours en lui disant que tout allait bien. Quand j'ai raccroché, j'ai dû expliquer à Rachid le "C'est Arnaud!". Tu n'en croiras pas tes oreilles: à peine eus-je fini mon petit récit qu'il s'est dévoué à l'appeler. Il est parti sur le balcon et ils ont parlé pendant trois-quarts d'heure. Lorsqu'il est rentré dans le salon, il rayonnait. Ses mots "C'est réglé!" furent une véritable libération pour moi. Et pour lui aussi. Arnaud et Rachid se sont entendus à merveille. Tu aurais vraiment dû attendre la réponse de notre livreur de champagne.

-Mais, comment l'a-t-il convaincu?

-On dit que les femmes aiment s'envelopper d'un voile mystérieux, mais autant que je sache, Rachid est un homme. Demande-lui.

-Je le ferai quand je lui exprimerai mes remerciements. Mais en attendant, il faut que je t'explique. Je me trouve dans un joli pétrin. Tout ne va pas pour le mieux dans le meilleur des mondes, Madame Candide...

Les événements des derniers jours m'avaient intégralement pulvérisé. Le lendemain, Thomson s'était publiquement exprimé sur mon accusation qu'il avait qualifiée d'ignoble en utilisant le terme diffamation. J'avais commis une grave erreur en sous-estimant clairement l'envergure de son réseau. Il n'avait pas reculé à avoir recours à de faux témoignages. Les tentatives de récupérer la situation en essayant de se baser sur des faits réels, des alibis de voisins et amis ne firent qu'envenimer la situation et furent contrecarrés par des déclarations de personnes importantes dont la parole ne pouvait être remise en cause. En moins de rien, il avait remonté tous les journaux contre ma cause en défendant la sienne. Nous dûmes en payer la facture. En une matinée, j'avais reçu vingt-deux appels, dix-neufs SMS, dix-sept mails et j'eus le plaisir de chasser à six reprises des journalistes venus violer notre restant d'intimité et de vie privée. Je fus obligé de commander un taxi pour amener mes trois derniers à l'école car j'avais vu, de ma fenêtre, des paparazzi se cacher derrière les buissons, à l'affût du moindre geste. Nous avions envoyé Pongo comme cobaye faire un tour sur le balcon et étions aux anges de retrouver sa photo sur la première page d'un fameux quotidien étranger, avec le titre "French jewel smuggler Pignault's dog". J'avais cherché leur page Facebook et découvert les milliers de commentaires se moquant de moi et de mon chien. Pour moi, cette aventure était l'équivalent de Waterloo pour Napoléon.

Mon chef et toute mon entreprise avaient rapidement eu vent de cette scandaleuse affaire. Le baromètre de la presse, indiquant "tempête", avait rapidement contaminé celui du bureau. Monsieur Meyer n'avait pas manqué de me blâmer pour mon projet qui se serait avéré comme "scabreux" et, je cite, "irréalisable sur la totalité des points". Trichard se frottait les mains, ayant vécu dans l'ombre de ma bonne réputation de chef possédant un sixième sens pour l'équité. Il voyait son heure de vengeance et de gloire arriver. Certaines personnes vont se poser la question pourquoi je viens d'énumérer deux termes signifiant la même chose l'un à côté de l'autre. Je réponds que toutes les personnes ne se font pas une gloire de la vengeance. Mes collègues, naguère si heureux de m'avoir comme supérieur, effectuaient dès lors une promenade quotidienne jusqu'au bureau de Monsieur Meyer pour proférer de vicieuses critiques à mon égard. Ils n'osaient pas me critiquer ouvertement, oh non, pour cela ils manquaient de courage et d'audace... Sept jours après l'irruption du scandale, je fus destitué. Pendant que j'étais encore chef de service, mes ex-employés se donnaient au moins la peine de me saluer le matin et de me souhaiter une bonne soirée en partant. Probablement craignaient-ils que je sois comme eux, aux aguets pour me venger et leur en faire voir de toutes les couleurs. Dès que je redevins leur collègue, plus personne ne me connaissait. J'aurais été un fantôme, ils ne m'auraient pas moins remarqué. La seule personne qui n'admirait pas la blancheur du plafond à mon passage était Bintou, qui elle, n'avait pas oublié que je l'avais prise sous mon aile, pendant que je le pouvais encore. Le vendredi 27, j'eus rapidement l'occasion de la voir, seul à seule, dans le couloir. Je lui expliquai la situation bien qu'elle la connaissait à peu près, et la mis en garde:

« Voilà, je ne veux pas qu'il vous arrive des problèmes. Je vous demanderai donc de ne plus m'adresser la parole en public. Nous pourrons évidemment continuer à nous voir en privé, mais quand vous êtes de service, vous faites comme les gens du bureau. »

Elle répondit:

-Monsieur, je ne veux pas vous abandonner comme ça, je suis devenue votre amie. Les amis sont un bien précieux. Vous m'avez protégée et je vous en suis redevable.

J'étais certes d'accord avec elle, mais elle ne comprenait pas le danger.

-Oui Bintou, j'ai déployé mon aile, mais les rayons nocifs contre lesquels j'ai tenté de vous protéger la brûlent. Si vous restez sous mes ailes, l'incendie risquerait de se propager aussi. N'oubliez pas que l'eau est rare dans notre monde...

La lueur triste de son regard me fit comprendre qu'elle avait compris mon message. Elle ajouta:

-Elle est belle votre image! Vous devriez vous mettre à écrire... Je veux dire de la vraie littérature, pas vos énormes pavés d'économie où j'ai besoin d'un dictionnaire pour déchiffrer le titre...

Mes collègues m'ignoraient et ceci me faisait mal au cœur. Je repensai avec nostalgie au dernier repas de Noël du service où tout le monde me prédisait une excellente année 2016 et où j'avais été élu, par mon service, comme le meilleur employé de 2015. Ce banquet avait eu lieu il y a moins de six mois, et cependant, j'avais l'impression d'avoir pris des années depuis. J'avais commencé à avoir l'habitude d'être ignoré et avais découvert que ce fait si insupportable en soi, possédait un bon côté, celui d'être laissé tranquille. La justice me harcelait, mes collègues me crachaient à la figure et toute ma famille éloignée me discréditait. Les heures au travail se résumaient à faire le strict minimum pour attaquer avec plus d'énergie la vague déferlante de cet esclandre.

Depuis que je suis tout petit, j'ai toujours eu du mal à respecter les horaires, que ce soit pour arriver à l'heure à l'école, ne pas faire attendre mes amis quand j'étais invité quelque part ou pour attraper un train avant qu'il ne parte...

Ma grand-mère m'avait toujours dit qu'un jour ceci me jouerait sérieusement des tours. Les grands-mères ont toujours raison, car elles utilisent dans leurs pronostics le "un jour". Les grands-mères sont prudentes, elles ne veulent pas mettre leur crédibilité en jeu.

Conscient que je me trouvais sur la sellette, je m'étais appliqué, depuis ma chute, à arriver dix minutes en avance tous les matins. Le mercredi 1er juin, cette précaution prise s'avéra inutile. En voulant démarrer, je constatai que mon réservoir d'essence avait été perforé durant la nuit. Quels scélérats! Ils s'étaient donc jurés ma perte! Pour moi, il devint clair comme de l'eau de roche que c'était du sabotage. Conscient que je n'avais pas d'autre choix que de prendre les transports publics, je fis un sprint sur les quelques mètres jusqu'au prochain arrêt de bus. Ce plan B s'avéra comme étant inefficace. Je franchis le portail de l'enceinte de l'entreprise à 8heures 08. Mon chef m'attendait déjà les bras croisés et me donna un blâme devant tous mes collègues. Il prétendit, d'après un calcul, que mes retards cumulés depuis des années, avaient fait perdre à l'entreprise la somme de 5763,25€ et qu'il ne pouvait pas tolérer de telles pertes. Son verdict fut impitoyable: il me licencia sur le champ. La phrase est simple à lire, dure à écrire. Cela faisait 22 ans que je travaillais dans cette entreprise. J'y étais rentré quand je n'étais pas encore marié et n'avais aucune tempe grisonnante. Depuis 22 ans, j'avais effectué le trajet maison-boulot au quotidien. Les murs de cette entreprise connaissaient l'odeur de ma sueur, je leur étais devenu familier. Depuis 22 ans, j'avais vécu de manière alternée, succès et échecs. En majorité, j'y avais enchaîné de nombreux petits succès qui m'avaient conduit à cette situation. J'avais skié lentement sur une piste bleue, en montant une pente douce, et je me retrouvais en train de dévaler une piste noire bien trop vite qui me menait droit dans le mur, sans que je puisse ni freiner, ni dévier le sens de ma trajectoire. Pendant 22 ans, mon entreprise avait été fière de compter un économiste de mon envergure dans ses rangs. Elle ne l'était plus car on ne me connaissait plus comme "docteur", mais comme étant contrebandier. Monsieur Meyer me rendit mes papiers, me donna cinq minutes précises pour prendre mes affaires personnelles éparpillées sur mon bureau. J'insiste bien sur les « mes ».

Il est difficile de décrire de manière précise ce qui se passait dans ma tête à ce moment là. J'avais du mal à réaliser que j'étais devenu chômeur. Chômeur... Jusqu'à présent, j'avais toujours méprisé profondément les chômeurs. Pas les clochards, mais les chômeurs. Jusqu'alors, j'estimais que l'on devenait chômeur quand on était trop fainéant pour travailler, en prenant plaisir à vivre aux dépens des autres. Pour moi, chômeur était un choix, comme celui de faire ses courses chez Leclerc plutôt qu'à Intermarché. Je n'avais jamais été une lumière en arts plastiques au collège, mais j'avais peint dans mon esprit l'image "du" chômeur. Il était gros, assez âgé, une grosse barbe pas rasée, sentait la bière et dépensait l'exclusivité de la somme qu'il recevait de l'état, à se saouler au bistrot du coin sans partager avec sa famille. Alors voilà, vous pouvez imaginer que j'étais drôlement stupéfait d'être devenu chômeur à mon tour. Auteur d'une vingtaine d'ouvrages sur l'économie, titulaire d'un doctorat, tolérant envers les miséreux (les vrais), intéressé à la culture, la musique classique et aimant le sport, j'avais presque toutes les vertus possibles et imaginables. Du moins, j'en étais fermement convaincu.

Je sortis pour la dernière fois de ma vie de mon entreprise, portant mes classeurs et papiers personnels. Je n'avais pas quinze pas à faire, comme d'habitude, pour m'asseoir au volant de ma BMW série 5. Je n'avais pas de petite mallette où j'avais méticuleusement rangé les cinq ou six feuilles dont j'avais besoin. Je n'avais plus de sandwich préparé gentiment par ma femme tous les matins. Je n'avais jamais réellement apprécié ce luxe, peut-être était-ce mon erreur...

Étant écrasé par un sac à dos me donnant l'impression de peser plusieurs centaines de milliers de tonnes, les 700-800 mètres jusqu'à la station du RER m'apparurent être un véritable calvaire. Avec chaque pas de plus, ma colonne vertébrale fléchissait de manière inquiétante quitte à ressembler aux feuillus après une pluie diluvienne. Quand enfin, j'arrivai sur le quai de la station, je m'affalai, exténué par ce périple, sur le banc. La station avait changé de design intérieur depuis la dernière fois que j'y étais venu. Cela devait remonter à 2009 quand j'avais été obligé de faire réparer ma voiture de fonction suite à un accident de voiture pendant les vacances d'été. Je vis des collègues du service de la mécanique qui arrivaient en courant pour ne pas être en retard. Je n'aurai plus à courir pour arriver à l'heure au bureau, j'étais chômeur. Étant donné que ma réputation était ruinée, il était inutile que je redemande un emploi en France. Il aurait fallu que je déménage très loin à l'étranger pour retrouver un poste, chose inenvisageable. Comme tant d'autres Hommes, je me sentais trop lié à mes racines pour avoir le courage de m'établir autre part.

Je restai donc assis, et par défaut d'occupation, je me mis à observer la gare. Il faut que je vous dise que quelque part, j'aime les gares. J'aime voir les passagers se hâter, les trains qui arrivent et partent, le va-et-vient qui ne semble vouloir cesser. J'aime les gares pour observer des inconnus, leurs visages, leurs démarches et leurs vêtements. Je m'amuse à imaginer ce qu'ils peuvent bien être et faire. Mais quelque part, je ne les aime pas, car elles rappellent méchamment à mon esprit que je ne voyage pas assez. Peut-être, suis-je aussi, malgré ma désapprobation, trop conditionné par la société et ses contraintes. Je les aime et ne les aime pas. Un courant d'air se fit sentir. Le RER bondé fit son entrée dans la gare. Je me levai péniblement du banc et me frayai un chemin à travers la cohue noire de monde. Nous n'avions pas un huitième de mètre carré pour nous tenir debout. Je devais faire une tête d'enterrement, ou avoir l'air sérieusement malade, car une jeune fille me proposa aimablement sa place. Embêté d'être devenu le faible qui reçoit, j'acceptai cependant sa proposition, en la remerciant, car le poids de mon sac à dos me faisait horriblement mal. Ma tête tournait, toutes ces personnes inconnues m'angoissaient. Quand je pus enfin descendre à ma station, j'eus l'impression de redécouvrir le plaisir de respirer de l'air frais. Je ne voyais plus rien de ce qui se passait autour de moi, car je repassais les dernières semaines et ma vie en revue: je n'avais jamais fait de mal à une mouche. J'avais été d'abord un fils, puis un homme, puis un père sérieux et consciencieux. Pourquoi tous les éléments de la terre s'étaient-ils donnés le mot à déclencher la foudre de manière si subite sur mon existence?!

Je marchais la tête baissée, les yeux rivés sur l'asphalte du trottoir, lorsqu'un crissement de frein et le bruit d'un klaxon me fit tressaillir. Je n'avais pas remarqué que je traversais une rue passagère! Cet incident m'inquiéta et je relevai les yeux, déterminé d'arriver entier chez moi. Parvenu à mon appartement, j'ouvris lentement la porte, espérant que personne ne serait là pour que je puisse retrouver un minimum de sérénité. Je retrouvai mon domicile vide, seul le chien se manifesta par un piètre gémissement. Sur la table à manger se trouvait une lettre coincée entre une pomme rouge, une verte, une banane tachetée et un faux-citron ramené de Menton.

Je déchirai l'enveloppe et reconnus, immédiatement, l'écriture attachée de Kate aux caractères majuscules. La voici:

« A l'attention de Jean Pignault:

Nous avons été consternés d'apprendre que, derrière vos apparences d'honnête bourgeois français, se cachait un contrebandier. Nous vous avions toujours confié Adèle les yeux fermés, vous faisant entièrement confiance. La confiance est dure à gagner, mais facile à perdre. Je sais que nos filles s'entendaient comme deux sœurs de cœur, mais votre implication dans cette fâcheuse affaire change radicalement notre position à votre égard. Il serait absolument irresponsable de notre part de vous confier Adèle pendant les grandes vacances d'été comme nous avions convenu. J'espère que vous avez honte de votre comportement. Au nom de l'amitié de nos filles, j'autoriserai Adèle à correspondre par voie épistolaire avec Justine.

Cordialement
Kate Tennington »

Cette lettre était corrosive pour mon vieux cœur. Je ne pus plus longtemps contenir mes émotions amassées, si longtemps, et éclatai en sanglots. Je n'en voulus même pas à Kate, elle ne savait peut-être pas que son mari m'avait recommandé à ce bandit. Le comportement de

John était odieux. Comment pouvait-il oser rompre tous les ponts avec notre famille? Jusqu'à présent, les dommages avaient été d'ordres économique et social, mais cette lettre bouleversait notre équilibre familial. Je me sentis coupable. Justine m'en voudrait sûrement de ne plus pouvoir voir Adèle. Décevoir ses enfants, il n'y a pas pire chose qui puisse arriver à des parents. De chaudes larmes ruisselèrent le long de mes joues. J'essayai de me calmer, mais j'en étais incapable, mon cœur avait besoin de vider toutes ces émotions néfastes accumulées. J'avais cessé de pleurer et m'étais mouché bruyamment, un peu comme un éléphant qui trompe, lorsque mon chien vînt poser sa truffe humide sur mon genou. Je n'y ai pas tout de suite prêté attention, mais quand je le sentis enfoncer sa truffe dans mon mollet, je finis par lever les yeux. Je ne parlais et ne parlerai jamais le "chien", mais ses yeux suffirent à exprimer ce qu'il avait à me dire. Un regard est souvent bien plus sincère qu'un discours mensonger ou un sourire fallacieux. Je n'avais pas envie de photographier ou dessiner le regard du chien, certains d'entre vous ne l'auraient peut-être pas compris, je vais donc vous le traduire. Il me disait:

« Me voilà, ne sois pas triste, tu m'as, moi, encore. Si tu voulais, alors on pourrait faire une promenade en forêt pour oublier tout ça. »

Et si les animaux étaient plus humains que les Hommes et les Hommes plus bestiaux que les animaux?

Les Hommes ont toujours considéré les animaux avec condescendance et ceci est une grave erreur. Certains lecteurs viennent de se toucher la poitrine gauche, en fronçant les sourcils, avec un "Qu'est-ce qu'il raconte?! Non, pas moi!" mais je vous dis que si, vous aussi. Combien de fois avez-vous vu un animal faire une chose que vous, Homme donc être suprême, avez jugé comme étant intelligente et vous êtes dit:

« Il n'est pas bête, il est un peu comme nous. »

N'est-ce pas de la condescendance? Au lieu de m'avoir apaisé, le regard, ou plutôt les paroles de mon chien décuplèrent mes pleurs. Pongo, que j'avais certes toujours apprécié pour que mes enfants et ma femme aient de la compagnie, mais dont je ne m'étais jamais occupé, faute de temps, venait me réconforter sans que je lui ai demandé quoique ce soit.

J'ai passé le restant de la matinée à m'occuper de déclarations d'impôts, de contrats d'assurance et à rédiger une lettre expliquant à mon avocat ce que j'attendais de lui. Le juriste estimait que je risquais jusqu'à deux ans de prison. Nous avions encore presque deux mois pour préparer ma défense. Sa stratégie était de me faire passer pour surmené et de plaider pour une peine avec sursis. Cette journée fut une des plus noires de mon existence, mais ce serait exagérer mon malheur que de vous cacher que le vent de l'espoir ne soufflait plus pour moi. Je retrouvai la lettre d'excuses de Hugo qui traînait encore sur mon bureau et je la lus. Le brave garçon n'avait pas osé entrer sans mon autorisation. Son style d'écriture possédait quelque chose d'émouvant. Apparemment, il semblait avoir compris la leçon. Je n'aurais pas dû me mettre en colère contre lui car il faut écouter les jeunes, au lieu de les juger. Sur l'heure de midi, je me fis des pâtes, seul plat chaud dont je maîtrisais la recette et la cuisson sur le bout des doigts. J'ouvris une boîte de thon pour accompagner le tout et remplis la gamelle de Pongo. Je devrai m'y habituer, cinq fois par semaine un plat de pâtes avec une boîte de thon. Ma femme ne rentrant que le soir et les prix des restaurants étant trop chers pour ma fortune qui fondrait inéluctablement, il fallait que je me contente du strict minimum. Je regardai l'étagère et vis que nous avions différentes sauces tomates: sauce bolognaise, aux olives, tomates-piments... Je souris, au moins comme ça, je pourrais varier les sauces.

La pendule de la salle à manger ne sembla pas se soucier du fait que je sois chômeur, elle avançait au même rythme que d'habitude, tic-tac, tic-tac... Le temps est d'ailleurs un juge très juste et incorruptible. Il ne s'enfuit pas plus vite devant les pauvres que devant les riches. Peut-être les juges devraient-ils orner leurs salles d'audience de pendules, plutôt que de balances...

Chapitre X: Pierre

Quatre heures sonnèrent. D'ordinaire, je me serais mis à la recherche du café le plus proche, mais je ne devais pas oublier que, dorénavant, il n'y aurait plus de pause-café. J'étais chômeur et à terme pauvre. Je devais faire attention à mon porte-monnaie et ne pouvais pas me permettre des dépenses superflues. Habitué à avoir une activité sérieuse à accomplir, je me mis à penser à ce que je pourrais bien faire. Selon Descartes, j'existais donc. J'étais peut-être mort économiquement, socialement et professionnellement, mais j'avais conservé la petite lueur qu'est la pensée à l'abri des vents. Aussi ridicule que semble être cette déclaration: quand tout va mal, on se réjouit d'échapper aux malheurs du monde en pensant. Je me creusai la tête et il me vînt à l'idée d'aller chercher Pierre, mon petit dernier, à la garderie de la maternelle.

Depuis sa rentrée en grande section en septembre, je n'étais pas venu le chercher une seule fois, trop affairé à écrire des ouvrages économiques ou à effectuer des transactions à la bourse. En attendant devant le portail, de vieux souvenirs se réveillèrent en moi. Le monde des enfants, auquel j'avais jadis appartenu, me semblait si lointain et si irréel. Une ribambelle de bambins se tenaient par la main en chantonnant une comptine que je me rappelai avoir chanté, étant petit garçon. Redécouvrant chaque mot et chaque phrase, les paroles de "La mère Michelle a perdu son chat" me revinrent à l'esprit. Si d'autres parents n'avaient pas été là à attendre, eux aussi, leurs rejetons, je me serais joint à eux pour chanter. Mais je ne le pouvais pas, j'avais quarante-sept ans, j'étais auteur et titulaire d'un doctorat en économie, du moins je l'avais été... Au fin fond de moi-même, mon cœur se pinça douloureusement. J'essayai d'imaginer, à un âge préscolaire, Petrashov, Thomson, Trichard et tous ceux qui avaient démoli mon existence. Eux aussi avaient été insouciants et innocents dans ce paradis perdu qu'est l'enfance. Pourquoi et comment avaient-ils réussi à enlaidir leurs cœurs de cette manière? J'avais vu sur mon feed Facebook une photo, prise pendant l'apartheid en Afrique du Sud, d'un bébé blanc donnant la main à un homme noir alors que sa mère détournait la tête. Probablement, parce que l'éducation universelle de chaque peuple, nation ou tribu, fixe aux enfants l'objectif de devenir comme les grandes personnes. Je repensai à l'image, peut-être que ce bébé blanc était devenu à son tour comme sa mère détournant le regard à la vue d'un noir. J'aurais tellement aimé retourner en enfance pour jouer à colin-maillard, "un-deux-trois-soleil" et à "loup glacé". Cependant, je ne le pouvais pas. La vie est une rue à sens unique qui mène, de toute façon, au ravin. Certains y foncent, d'autres s'y dirigent lentement, mais sûrement.

La sonnerie de la fin de la garderie retentit et je vis Pierre accourir avec d'autres enfants. L'envie est un bien vilain défaut, mais je ne suis pas homme qui renie ses défauts. Je les enviai réellement de courir comme cela et à piailler, sans crainte de déranger le silence pesant des grandes personnes. Les codes de la société veulent que les grandes personnes marchent et parlent à voix basse. Pourtant, courir et crier est bien plus amusant. Mon fils s'arrêta brusquement. Il venait de m'apercevoir et se dirigea à petits pas vers moi. La première chose qu'il me dit fut: « Pourquoi t'es là Papa? »

Les enfants sont francs, ils veulent toujours connaître la vérité. S'ils ont quelque chose qui les chagrinent, ils le disent. S'ils ne comprennent pas, ils posent une question. Oui, j'étais fier que Pierre soit un petit garçon éveillé et pose beaucoup de questions. Mais, il faut que vous sachiez que cette question me décontenança. Je ne voulais pas le chagriner et lui étaler tous mes malheurs. Je lui répondis donc:

-Papa est un bon élève, il a fait de jolis coloriages au bureau et le chef l'a laissé rentrer plus tôt aujourd'hui, donc Papa est venu chercher son grand lapin adoré.
-Papa, tu ne serais pas devenu homosexuel, par hasard?
Je fis de gros yeux ronds tout étonnés, où avait-il appris ce terme là? Je démentis cette accusation:
-Bien sûr que non, mon chéri. Et même si je l'étais, ce ne serait pas grave, mais ta maman ne m'a pas assez déçu pour que je le devienne. Pourquoi tu dis ça?
-Ben, parce que les homosexuels font des choses de l'autre sexe et toi, là, tu viens me chercher comme Maman.

Si, cher ami, vous parlez à un enfant, vous devez réfléchir deux fois plus que lorsque vous parlez à une grande personne. Les enfants formulent des phrases avec des mots simples, parce qu'ils n'ont pas encore appris la langue de bois des adultes et on peut vite les comprendre de travers. J'avais envie de rire parce que sa déclaration avait quelque chose de grotesque, mais je n'y arrivais pas car il y avait une critique implicite. Pour lui, il fallait être une Maman pour s'occuper de ses enfants. Je me reprochai de ne jamais m'être occupé de lui et de mes autres enfants. Il vit que je ne répondais pas et il poursuivit.

-Dis Papa, tu m'achètes une glace?

Je n'avais pas envie de manger une glace! J'étais venu le chercher et, au lieu d'être content de me voir et de me raconter tranquillement sa journée, il réclamait une glace!

-Mais Pierrot, lui dis-je, on n'est pas à la plage et un orage se prépare...

-Je veux une glace, renchérit-il.

Il commençait à m'énerver sérieusement, mais je ne voulais pas froisser une des dernières personnes qui m'aimait. Je lui dis:

-D'accord, on va manger une glace. Mais tu restes poli et tu dis s'il-te plaît.

-S'il te plaît Mam... Papa.

Je soupirai et espérai qu'il ne prendrait pas la mauvaise habitude de m'appeler Maman. Nous nous dirigeâmes vers le glacier et je lui lus les différents parfums au choix: fraise, vanille, chocolat, citron, amande et cerise. Il opta finalement pour vanille et chocolat. Ne voulant pas le laisser manger tout seul, j'en pris une au citron et amande. Nous nous assîmes sur un banc. Tandis que je l'observais en train de manger, une réflexion me chagrina l'esprit: échouerait-il piteusement un jour, lui aussi, comme moi? Se ferait-il écraser ou écraserait-il? Serait-il esclavagiste avec ses employés ou esclave d'une société? Je me fis de réels soucis pour l'avenir de mon fils. Je n'avais ni envie de le voir écrasé, ni être celui qui écrase. Lui, si mignon, si petit, si innocent, si honnête, n'avait t-il pas d'autres choix?

J'ai toujours été inapte à garder mes émotions au fin fond de moi même et à ne pas les exprimer. Pierre perçut que je n'étais pas dans mon état normal et fit une grimace pour me remonter le moral. Je souris et lui demandai:
-Comment s'est passée ta journée? Qu'as-tu fait de beau?
-On a fait des découpages, des coloriages et la maîtresse nous a lu une histoire.
-De quoi parlait cette histoire?
-De deux frères chats, un roux et un gris. Ils habitaient chez des gens. Ces personnes avaient une souris qui vivait dans une cage. Un jour, pendant que les gens étaient partis, le chat roux a mangé la souris. Pour ne pas se faire attraper, il avait arraché doucement des poils gris à son frère, en lui faisant la bise, pour les coller sur la cage de la souris. Quand les grandes personnes sont revenues, elles ont retrouvé les poils du chat gris et l'ont chassé de chez eux. Par contre, ils ont gardé le chat roux et lui ont fait deux fois plus de caresses qu'avant pour le féliciter d'être

un chat gentil qui, lui, ne mangeait pas de petite souris. Elle était très triste et injuste cette histoire... Pourquoi tout le monde n'est pas juste gentil avec les autres?

Il portait bien son prénom, Pierre... Jésus avait annoncé à son disciple: "Simon, tu es Pierre et sur cette pierre je bâtirai mon Église et je t'en donnerai les clefs." Heureusement que j'avais pris la précaution de prendre des lunettes de soleil, sinon mon petit aurait vu que cette histoire m'avait vivement ému jusqu'à me remplir les yeux de larmes. Ne sachant pas trop quoi lui dire, je lui répondis:

-Oui, elle est triste, mais il faut aussi considérer la morale de l'histoire mon petit...

-C'est quoi une morale?

-Ben, c'est euh... un peu comme le message que l'histoire veut nous faire passer: de ne pas être méchant comme le chat roux qui rend le chat gris si triste.

-Je ne comprends pas, pourquoi le chat roux n'a pas été puni d'avoir fait croire que c'était son frère?

-C'est difficile à expliquer. Il y a une double morale en fait. Le chat gris aurait dû faire attention pendant que son frère lui faisait la bise. C'est sûrement pour cela. Il faut se méfier des gens...

Il fit une mine tristounette, cette histoire l'avait marquée.

-Dis Papa, tu peux me lire une histoire plus amusante, les Aventures de Winnie l'Ourson?

Je n'avais pas encore terminé ma glace et n'avais pas le moral à lui lire les aventures d'un ours jaune en pull rouge qui passe son temps à manger du miel. Si des gens de

147

connaissance, ou pire même, le serpent python que peut être la presse, me voyaient lire les Aventures de Winnie l'Ourson à mon fils sur un banc public, alors je deviendrais la risée totale du Web. Dans un premier temps, je n'étais pas partant, mais comme mon fils commençait à tirer sur ma dernière chemise, je ne pouvais pas encourir le risque de l'abîmer et cédai donc. Il me sortit le livre de Winnie l'Ourson qu'il transportait dans son sac à dos et me le mit dans les mains. Je l'ouvris et lui en lus quelques pages pendant une dizaine de minutes, mais ennuyé par cet ours casse-pied et gourmand, je fermai le livre et lui mentis:

-J'aime bien Winnie l'Ourson, mais tu ne trouverais pas plus divertissant de lire tout seul, comme un grand?

Mon fils allait rentrer dans moins de trois mois en CP et j'avais déjà dit à ma femme de lui apprendre un peu à lire pour qu'il soit le meilleur de la classe.

-Mais je ne sais pas lire, objecta-t-il.

-Si, je t'assure. Si tu veux, tu peux. Allez, fais un effort. Lis-moi ce qu'il y a sur la couverture.

-A...A...Mille...neu. C'est ça?

Ravi de le voir si brillant, je l'encourageai à continuer.

-Super fiston, continue!

-Papa, ça veut dire quoi A...A...Mille...neu.

-A.A. Milne? Ce sont les initiales de l'auteur. Tes initiales sont P.P. pour Pierre Pignault.

-Ah, je vois... C'est quoi un auteur ?

-Un auteur? C'est quelqu'un qui écrit un roman ou un conte. Toi par exemple, tu fais des dessins, ben lui, il écrit des histoires. C'est aussi simple que ça, lui souris-je.

Ma réponse ne sembla pas lui plaire car il fit une mine renfrognée.

-Donc A...A...Mille...neu, c'est celui qui a fait Winnie?

-Oui, tu as compris.

-Donc ça veut dire que Jean-Christophe et Winnie n'existent pas?

-Mais non mon chéri, ils sont nés dans le cœur et l'imagination de ce Monsieur Milne.

L'enfance est, de tous les stades de l'évolution humaine, celui où l'Homme est le plus fragile. Le moindre chamboulement psycho-affectif menace leur équilibre.

-Mais...mais...je croyais que Winnie existait... mon doudou préféré... Winnie...

Il éclata en sanglots, un peu comme moi quelques heures auparavant. Sa réaction me déchira vivement le cœur. Décidément, il finirait par être brisé en mille morceaux!

Je m'en voulus de le lui avoir dit. Il venait de perdre une partie de sa virginité d'enfant, rêvant d'ours en peluche, de pays imaginaires et de montagnes magiques. Je le pris sur mes genoux et le consolai en le pressant contre moi. Ma belle chemise serait imbibée de larmes mais tant pis, les émotions de mon fils m'intéressaient plus. Comme il retrouvait lentement son calme, il m'affirma déterminé:

-Il est idiot ce Monsieur Milne d'avoir créé un ours jaune aussi stupide. J'en veux plus de Winnie, je veux le mettre à la poubelle dès qu'on sera revenu à la maison. Ou l'expédier sur la Lune, et bien plus loin encore.

-Ne te fâche pas, Winnie n'existe pas dans la vraie vie,

mais il existe dans tes rêves de petit garçon. C'est ce qui compte. Si tu ouvres les yeux, tu verras que les gens, autour de toi, sont souvent comme le chat roux et te volent ta glace comme le font les pies. Alors que si tu rêves de Winnie, tu peux échapper, par la pensée, aux chats roux.

-Mais Papa, c'est dur de rêver de choses qui ne sont pas vraies... En plus, je ne pourrai plus rêver de Winnie. Il ne me plaît plus. Il est beaucoup trop gourmand et débile. Moi, quand je serai grand comme toi (il écarta ses deux bras aussi loin l'un de l'autre) je veux aussi créer Winnie l'Ourson comme Monsieur Milne, mais en mieux. En plus beau, plus intelligent et moins gourmand!

Ce retournement de situation me réchauffa le cœur bien plus que les pleurs ne l'avaient refroidi. Jadis, il fut un temps où j'avais le même rêve. Si mon fils accomplissait un jour ce rêve, alors je n'aurais plus de remords de ne pas l'avoir accompli. Très fier des projets de mon fils, je me relevai du banc, débordant d'énergie pour attaquer le restant de la soirée. Je le regardai profondément dans les yeux. Mes yeux se reflétèrent dans les siens couleur noisette. Je crus reconnaître les miens étant plus jeunes, avec la même lueur, la même vivacité et la même envie de découvrir le monde. J'espérais de tout cœur qu'il découvre un jour plus de choses que je n'avais découvertes, qu'il comprenne plus que je n'avais compris, qu'il rit plus que je n'avais ri...

A ce moment précis, je me suis dit que je serais fier de moi, si un jour, il pouvait me considérer comme étant un brouillon, dont il pourrait s'inspirer tout au long de sa vie.

En fait, les parents ne sont pas un exemple, tout au plus un bon brouillon. Je l'encourageai donc:

-C'est très bien, fiston. Si tu as un rêve, il faut que tu y croies et que tu fasses tout pour l'accomplir. Sinon, un jour tu te réveilleras avec des cheveux gris, en entonnant un "j'aurais pu, j'aurais dû", la gorge nouée.

Il se faisait déjà tard et nous devions encore traverser le parc municipal. Nous nous trouvions à la hauteur du lac lorsque Pierre me posa la question suivante:

« Dis Papa, pourquoi tu ne viens jamais faire du pédalo comme les autres papas avec leurs petits garçons? »

Ce reproche me resta coincé en travers de la gorge. Je n'avais jamais eu le temps d'aller faire du pédalo avec mon fils, car je passais mes week-ends à rédiger des articles de la plus haute importance, à lire des pavés de philosophie élaborée et à dormir pour mieux attaquer une semaine harassante.

-C'est parce que Papa n'a pas le temps de faire tout ce dont il a envie. Parfois, les grandes personnes sont obligées de faire des choses qu'elles n'aiment pas.

-Mais, les autres Papas sont aussi des grandes personnes et ils vont faire du pédalo avec leurs enfants.

J'aurais voulu lui dire que son Papa, à lui, n'était pas n'importe qui, et que dans ce cas, on a forcément des obligations en plus, mais je me ravisai car je ne voulais pas que l'idée lui vienne de devenir un fils à papa. Il fallait absolument que mon fils réussisse comme quelqu'un d'honnête, par le mérite. Je ne tenais pas à ce qu'il devienne un jour comme Sylvio. Je détournai donc:

-Tes petits copains disent ça pour se vanter. Il ne faut pas écouter tous les mensonges que l'on te raconte...

La logique de sa réponse me sidéra.

-Mais dans ce cas-là, pourquoi devrais-je écouter vos bobards, à toi et à Maman?

-Hoho, mais de quoi parles-tu? C'est la glace qui t'a rendu un peu sot?

-Je ne suis pas bête. Les bobards que vous me racontez sans arrêt, Maman et toi: par exemple, que le père fouettard viendra si on n'est pas sage. Qu'il faut mettre sa dent de lait sous son oreiller, si on veut que la petite souris passe.

-Qui t'a mis ça dans la tête, c'est pas des mensonges puisque c'est la vérité. Moi-même, quand j'étais petit, la souris n'était pas venue quand je ne l'avais pas mise sous l'oreiller.

-Ce n'est pas vrai ce que tu me racontes. Même que la maîtresse nous a dit que les parents inventaient toutes ces histoires.

Elle était belle l'éducation de nos jours. Les éducateurs contrecarraient l'œuvre des parents. Je croyais rêver... Je n'avais pas d'autre choix que de lui dire la vérité:

-C'est parce qu'on t'aime qu'on te raconte toutes ces choses, c'est pour ton bien.

Ma réponse ne le satisfit pas:

-C'est pas bien de mentir aux gens qu'on aime, c'est toi même qui me l'a dit. Quand on aime bien une petite fille, on ne va pas lui mentir tout de même.

-Non, mais là c'est différent. C'est un mensonge de parents pour inciter les enfants à prendre la bonne voie et à les protéger de la mauvaise. Tu te rappelles quand tu t'étais foulé la cheville, l'année dernière? Tu n'avais pas dit à Mémé que tu avais mal au téléphone pour qu'elle ne se fasse pas de soucis. C'est la même chose.

Mon explication ne lui convînt pas car il commença à bouder démonstrativement. Il devait tenir ce trait de caractère de moi. Néanmoins, je tentai d'améliorer son humeur en formant des boucles avec ses cheveux châtains m'apparaissant presque blonds sous l'emprise des rayons du soleil qui avait recommencé à percer. Mon fils se réjouissait car je m'occupais de lui, il leva sa tête vers moi et me questionna:

« Papa, ça fait comment d'être grand? »

Cher lecteur, depuis que vous avez commencé à m'accompagner dans mes déambulations, je suppose que vous avez constaté que je ne tourne pas assez ma langue avant de parler. Ma répartie en est un exemple de plus, j'avais les pensées ailleurs et fatigué de ces questions.

« Mal mon fiston, ça fait mal. »

Son "pourquoi" prononcé d'une voix douce d'enfant déclencha toutes les sonnettes d'alarmes en moi. Je n'avais aucune idée! Je venais de lui avouer que les grandes personnes mentaient, il me fallait donc une réponse sensée!

J'aurais aimé être honnête et lui dévoiler toutes les atrocités qui se passent tous les jours: la guerre, la famine, ces affreux attentats, le racisme, les épidémies, le chômage, le divorce, la misère, la pauvreté et tant d'autres. Mais je ne pouvais, et ne voulais pas, brusquer ce cœur si sensible et si frêle à 5 ans. Un jour ou l'autre, il saurait lui aussi que le monde est affreux en réalité, que chaque Homme conscient de ses actes s'émeut à la simple écoute d'une de ces abominables catastrophes qui rythment notre quotidien. Nous parlons d'après guerre, d'après attentats, d'après décès et d'après épidémies. Le monde était horrible, mais je n'avais pas le droit d'éteindre l'une des dernières lueurs d'espoir de la conscience humaine qu'est l'enfance au milieu d'un océan d'obscurité. J'aurais réellement voulu me couper la langue pour avoir parlé de manière si irréfléchie et désespérai. Je levai les yeux vers le ciel, espérant vainement que la réponse en tombe. Vous ne me croirez peut-être pas si je vous dis que tel en fut le cas! Mes yeux furent éblouis l'espace d'une seconde, les ayant dirigés vers le soleil. Aide-toi et le ciel t'aidera! Mais oui, le soleil! Quand j'allais au lycée, je n'avais jamais été une lumière en sciences physiques, peinant à apprendre les différentes formules que j'avais évidemment toutes oubliées depuis des lustres. Cependant, je n'avais pas oublié une règle d'or: plus on se rapproche d'une source de chaleur, plus l'intensité lumineuse est élevée. Je pouvais donc botter en touche!

-Tu vois, nous, les grandes personnes, sommes plus proches du soleil que les enfants et il nous brûle plus rapidement, c'est pour ça que nous avons mal.

Pierre devait se douter que j'utilisais une image car il demanda:

-Mais toutes les grandes personnes ne sont pas brûlées

154

par le soleil, pourquoi donc?

-Certaines personnes mettent des lunettes de soleil pour se protéger les yeux, et des vestes impénétrables pour protéger leurs cœurs. Ils ne voient et ne sentent rien, mais ils ont moins mal...

Chapitre XI: Philosophons ...

Le soir-même, j'avais annoncé à Léa que je serais désormais sans emploi. Elle ne fût pas étonnée et me confessa qu'elle avait déjà attendu le jour où je serais renvoyé. Selon ses calculs, nous pourrions continuer à mener, avec quatre enfants, le même train de vie que jusqu'à présent pendant plusieurs années, car nous avions la possibilité de puiser dans nos réserves. Un peu sceptique face à son estimation, je m'étais finalement laissé convaincre lorsqu'elle m'apporta une feuille griffonnée de petits calculs. Les femmes ont horreur que l'on contredise leurs affirmations et la mienne ne faisait pas exception. Sachant que Justine n'était pas dupe, je rentrai dans sa chambre après le dîner pour tenter de lui apprendre de la manière la plus douce possible qu'Adèle ne viendrait pas en juillet. Sa réaction fut digne d'une adolescente hystérique : « Sors Papa! Espèce de con! Tout ça est de ta faute! Pourquoi as-tu fait tout ça?! Je te hais! Hors de ma vue! Hors de ma vue! » Le pire dans ces propos, ce n'était pas la violence des mots qui me blessait, mais l'hermétisme de mon cœur. Rien ne m'étonnait plus et mon cœur était tel une éponge imprégnée entièrement d'eau. Une éponge qui ne pouvait plus s'alourdir.

Depuis le début de mon aventure, vous m'avez accompagné, je vous ai fait partager mes sentiments comme à un ami intime et vous ai considéré comme tel. Quelque part, je pense que vous pouvez prétendre me connaître un peu. Cependant, je ne vous connais pas, cher lecteur, mais malgré cela, j'ose affirmer que vous êtes une personne heureuse si en ce moment-même vous n'avez pas une éponge gorgée d'eau à la place de votre coeur.

Désespéré de l'attitude de mes enfants, je sortis faire un tour dehors pour prendre l'air et quitter cet entourage qui me semblait si négatif. Malgré la tombée de la nuit, l'atmosphère était restée lourde et orageuse, ce qui me fit suffoquer. Je longeai le trottoir en m'orientant grâce aux lampadaires qui éclairaient fébrilement mon chemin. Mes yeux débordant de larmes, j'avançai à tâtons, tel un aveugle sans bâton. Le bruit des voitures et les voix de quelques rares passants bourdonnaient méchamment. Sans réelle destination, j'allais droit devant moi, voulant à tout prix laisser ce monde, si néfaste et horrible. La pollution des pots d'échappements rendait ma respiration douloureuse et je commençai à suffoquer. Étant à deux doigts de faire un malaise, mon instinct m'intima soudainement, comme dans un dernier élan de survie, de rejoindre la Seine pour échapper à cette pesante ambiance. A demi inconscient, mes pas me dirigèrent vers la rivière dont l'air purificateur me fit retrouver, petit à petit, ma respiration normale. Cherchant à trouver un endroit plus calme, je tournai le dos au centre-ville et suivis le cours de la Seine. Lentement, le bruit de la ville diminua et les habitations se firent de plus en plus rares. La notion du temps m'échappa entièrement et je ne saurais vous indiquer, même de manière approximative, la durée de mon errance. Je sentis comment l'asphalte laissa place à d'anciens pavés avant qu'eux mêmes ne changent en gravier boueux qui détériorèrent mes nouvelles chaussures. Seules, quelques péniches montaient et descendaient la Seine dans un vrombissement monotone semblable à un bourdonnement d'abeilles. Peut-être ai-je croisé des promeneurs durant mon escapade, mais mes yeux scrutaient inlassablement le reflet de la lune miroitant au milieu du fleuve.

Le sentier, où je vagabondai tel un ermite, ne semblait mener nulle part lorsque je vis soudainement, au détour d'un méandre, un homme assis sur une berge près d'un pont. En soi, la situation n'était pas spécialement fascinante, mais la présence de cette personne me rendit perplexe. Je m'approchai de lui et pus l'observer de profil. Je conclus, à sa façon de se tenir, qu'il s'agissait d'un homme âgé. De plus, il ne s'était pas du tout retourné et n'avait pas remarqué ma venue, il était sûrement sourd ou malentendant. Comme j'étais sur le point de poursuivre mon chemin, ou plutôt mon vagabondage, l'homme m'interpella calmement, sans se retourner:

-Viens t'asseoir, il y a assez de place pour deux.
La situation était singulière, il ne m'avait même pas vu et m'invitait à m'asseoir auprès de lui, un peu comme s'il avait attendu l'arrivée d'un vieil ami. Je m'accroupis et, un peu confus, de ne pas lui avoir adressé la parole en premier, je lui dis:

-Bonsoir.

-Bonsoir, qui es tu? me demanda-t-il.

-Jean Pignault, auteur et docteur en économie. Et vous?

-Gilles, je suis pêcheur.

-Gilles comment?

-Gilles tout court.

Enfin, il se tourna vers moi.

-Assieds-toi donc, l'herbe ne salit pas.

J'avais effectivement préféré m'accroupir pour ne pas non plus abîmer mon pantalon. Mes chaussures, détériorées par la boue, l'étaient déjà assez. Mes articulations d'homme de quarante-sept ans me faisant mal, je daignai finalement m'asseoir.

-Que fais-tu? le questionnai-je, ayant pris la décision de le tutoyer, moi aussi.

-Je pêche.

Le vieil homme me montra d'un signe de la tête une canne à pêche et un seau, enfouis une dizaine de mètres plus loin dans de hautes herbes. Je soupirai intérieurement, je devais avoir à faire à un fou ou un radoteur...

-Dans l'obscurité?

-Oui.

-Mais tes ustensiles sont là bas, tu ne pêches donc pas.

-Pendant la journée, je pêche des poissons et pendant la nuit, je pêche autre chose.

-Que pêches-tu?

Il ignora ma question.

-Et toi, que fais-tu ici?

-J'étais sorti prendre l'air et me suis perdu.

-Tu n'es plus perdu puisque tu es ici. Mais, raconte-moi...

Qu'est-ce qui te chagrine? Pourquoi as-tu pleuré?

Sa question me fit sursauter, comment avait-il deviné? Il ne pouvait pas avoir vu la lueur de mes yeux car nous regardions tous deux l'eau couler.

-D'où sais- tu que...

-Les larmes séchées dégagent une odeur fraîche, issue tout droit de la candeur du cœur, semblable à celle de la rosée du matin après une nuit d'orage. Les Hommes modernes ont oublié que l'odorat faisait partie de leurs cinq sens mais chaque émotion possède son odeur.

Bouche bée face à cette analyse, je lui exposai mes malheurs: l'histoire rocambolesque de l'œuvre d'art, mon licenciement, mes amis qui disparaissaient comme des petits pains, l'inquiétude vis à vis du devenir de mes enfants, mes démêlés avec la justice...

-Regarde ces grandes cheminées qui crachent inlassablement de la fumée, regarde les gratte-ciels que les Hommes construisent à qui en érigera le plus haut. Notre société court tout droit à la catastrophe. La haine se propage de manière vertigineuse. Personne ne connaît plus la tolérance et l'amour. Nous vivons un véritable cauchemar.

Il m'écouta attentivement, en hochant la tête à plusieurs reprises, et m'interrogea:

-Jean, aimais-tu réellement ton travail?

-Quelque part, oui, car toute ma réussite en découlait.

-Tu ne me sembles pas convaincu... Mettons ta "réussite" de côté. Aurais-tu exercé cette profession sans avoir le but de réussir?

-Non, évidemment. Ce n'est pas amusant de disposer d'un

titre de doctorat en économie. On passe ses journées à escroquer des gens qui ne vous ont rien fait. Mais maintenant, je ne me pose même plus cette question. Tout s'est écroulé subitement. Jamais plus, je ne pourrai être heureux.

En guise de désespoir, je cachai mon visage dans mes mains noircies de terre. Il me couvrit les épaules d'une couverture car je venais d'éternuer.

-Chut! fit-il

-Qu'y a-t-il? demandai-je.

-Je viens d'entendre un bruit d'ailes de hibou. C'est l'heure à laquelle il se réveille pour chasser.

Je dressai l'oreille et perçus un battement d'ailes étouffé à peine audible. Sur l'autre rive, se dressait un gros chêne au milieu de saules pleureurs. D'un seul coup, je vis une masse foncée se dégager de l'ombre du chêne et s'envoler. Il hulula trois fois en volant au-dessus de nos têtes avant de disparaître, quelque part dans la campagne. Quelle majesté émanait de cet oiseau! Vu son envergure, ce devait être un grand duc.

-Regarde, c'est magnifique et quel hululement! lui dis-je tout émerveillé.

-Le chant du hibou nous enseigne que le réel plaisir auditif ne peut qu'être procuré par la nature, mon ami Jean. Tu vois bien que tout n'est pas horrible... remarqua-t-il.

-Si seulement nous pouvions être des animaux... me lamentai-je.

Au bout de quelques instants, le bruit du moteur d'une péniche vînt troubler ma découverte nocturne de cet environnement. Quand il finit par faiblir, le vieil homme se redressa et pencha la tête vers le ciel.

-Lève tes yeux, me susurra-t-il à l'oreille.

-Pourquoi? Il n'y a rien à voir, la nuit est noire d'encre, lui répondis-je.

-Mais si, ouvre-les, je t'assure.

Je m'allongeai et scrutai le ciel des yeux. Je n'avais jamais connu d'autre ciel que celui que l'on voyait en ville. La luminosité de la ville rendait les yeux insensibles à l'obscurité. Au début, je ne vis rien, mais mes yeux s'habituèrent, seconde après seconde, au nouveau décor et je découvris une multitude d'étoiles qui scintillaient au firmament: certaines moins, d'autres plus claires. Il commença:

-Quand tu regardes les étoiles, tu te sens insignifiant comme une goutte d'eau dans un océan. Si tu as de gros soucis, regarde-les et ils t'apparaîtront tout petits. Les étoiles t'apaisent, elles possèdent un baume pour ton cœur brisé.

-Elles sont magnifiques, avouai-je, mais demain, quand je serai de retour chez moi, je ne les verrai plus.

-C'est vrai, mais elles te permettent de réfléchir. Ce n'est pas le fait de réfléchir auquel tu penses, en vue de gagner quelques liasses de papiers numérotées, mais celui de réfléchir sur tes actions et ton entourage. Elles te permettent d'avoir du recul que tu ne trouveras nulle part ailleurs. Certains Hommes importants ont la prétention de penser qu'ils réfléchissent plus que les autres, alors que la plupart n'a jamais pris le temps d'observer un ciel étoilé. Les quelques rares personnes qui réfléchissent le soir, avant de s'endormir, ont la pensée écrasée par le plafond au-dessus de leur tête. Pour être valables, il faut que tes pensées fassent plusieurs aller-retours entre ton esprit et les étoiles...

Je continuai d'admirer la beauté des étoiles et me mis à réfléchir. Vous avez souvent lu cette phrase depuis que vous m'accompagnez, et me prenez sûrement pour un homme érudit, mais cette fois-ci, c'était la réflexion de Gilles et non la mienne. Nous restâmes à contempler les étoiles pendant un bon moment, puis il me demanda:
-Sais-tu quelle est la réelle sublimité de ce ciel étoilé?
-Non, lui répondis-je, non pas, par manque d'idées, mais par soif d'apprendre. J'avais compris que cet homme en savait un peu plus que moi, donc quand on ne sait pas, on se tait.
-Le fait est, mon ami, que ce ciel étoilé te permet de perdre la notion du temps et d'avoir un avant-goût de l'éternel. Les Hommes modernes ont le cerveau conditionné par le temps, ils ne font pas une seule chose sans regarder une pendule ou une montre. J'ai 10 minutes pour manger, il me reste 20 minutes pour l'embrasser, dans 35 minutes je serai libre... Tôt ou tard, dans l'histoire de l'humanité, les Hommes ont commis la grave erreur de quantifier le temps, comme l'on quantifie le poids d'un sac de blé. Ils n'ont pas compris que le temps était une chose subjective, ressentie différemment selon le moment de la

journée, l'âge de l'individu et l'activité perpétrée. Ils sont devenus de véritables esclaves du temps. Le temps et la société sont les deux plus grands négriers de l'histoire. Ils collaborent étroitement et ont étendu un large filet pour posséder un maximum d'esclaves. Seules quelques étoiles peuvent passer au travers des mailles du filet. Les Hommes ne sont pas en mesure de profiter de bons moments car ils se disent, que dans tant de minutes, il sera terminé, au lieu de vivre l'instant présent. A l'inverse, quand ils vivent une situation contraignante, ils se mettent à compter les minutes à rebours et cela leur donne l'impression d'allonger ce moment désagréable. Le temps est une véritable tumeur qui détruit les cellules du bonheur.

-Depuis que je suis rentré au CP, il y a de cela plus de quarante ans, je vis sous la contrainte du temps, des obligations, des dates butoirs, des fins de congé... Je regrette les années où j'étais petit garçon, déplorai-je.

Il me répondit:

-Écoute, ton cœur a mal, il faut le guérir... Depuis mes 17 ans, je viens pêcher tous les jours ici. Je n'ai jamais été riche, mais j'ai toujours été heureux. La sobriété et la simplicité ne sont pas des sources de bonheur taries, mais omises par la société moderne. Si tu veux être heureux, il faut que tu saches te contenter d'admirer la beauté de la nature et de la vie. Les pauvres qui vivent dans le désarroi sont comblés de bonheur dès qu'ils ont une assiette remplie ou qu'ils font une simple promenade.

-Il faut donc être pauvre pour ne pas être malheureux?

-Cesse-donc de formuler tout de manière si négative, je t'en prie... Ne pas être malheureux, c'est déjà une forme du bonheur. Et pour répondre à ta question, pas forcément. Paradoxalement, ce sont les extrêmes qui disposent des conditions les plus favorables pour l'être le plus facilement. Les très riches qui n'ont pas besoin de travailler jouissent d'un temps libre permanent, ils pourraient être heureux eux aussi. Au lieu de ça, ils passent trop souvent leur temps à vouloir conquérir le monde pour agrandir leur fortune déjà immense...

Nous interrompîmes notre conversation et je me remis à la contemplation du ciel. Quelle splendeur! Éreinté par toutes ces émotions, je m'endormis à la belle étoile. Quand Gilles me réveilla d'un coup de coude, je me sentis complètement reposé et rajeuni d'une demi-douzaine d'années, alors que le soleil ne s'était pas encore levé. Il m'était déjà arrivé de faire un tour de pendule et de me réveiller plus crevé qu'avant de m'endormir. Ce devait être les bienfaits de l'air frais! Le vieux pêcheur me sourit amicalement.
-Je n'ai pas pu faire autrement que de te réveiller, car il faut que tu assistes à ce spectacle!
-Lequel? demandai-je en rivant mes yeux sur le ciel, devenu bleu marine, où palissaient les premiers astres.
-L'aube.
-L'aube?
-L'aube ce n'est pas, comme communément admis le moment où le soleil fait son apparition, mais elle commence

à l'instant même où la nature quitte le monde des rêves. Écoute, comment le monde animal se met en émoi.

Nous attendîmes quelques minutes, en continuant d'observer les étoiles qui s'éteignaient une par une. Avec chaque étoile qui cessait de briller, c'était une pensée qui arrêtait son escapade nocturne. Je ne comptais plus en minutes, mais en étoiles éteintes. Au bout d'une trentaine d'étoiles éteintes (je n'ai pas comptabilisé les étoiles que mes yeux n'avaient su discerner), le pronostic du vieux pêcheur s'avéra être juste. Quelques oiseaux se mirent à chanter à tue-tête: dans les bois, sur le chêne, sur notre rive, en voletant au-dessus de la Seine... Au début, seulement quelques uns, puis plusieurs, puis une multitude infinie! Gilles m'annonçait les artistes qui faisaient tour à tour leur entrée sur scène par de simples mots: « Les colombes, les perdrix, les moineaux... » Au début, je ne m'y suis pas du tout retrouvé, mais j'ai rapidement compris le principe. Avec chaque étoile qui faisait ses adieux, rentrait un groupe d'artistes ailés.

« C'est l'interlude, avant que le soleil se lève, mon ami! Pendant la journée, les oiseaux sont trop timides pour s'en donner à cœur joie, seuls quelques uns chantent de manière éparse par peur que personne n'assiste au prochain concert. »

Je me rappelai avoir dépensé une somme considérable pour assister au concert du Nouvel An à Vienne. Comme j'avais pu être bête d'avoir gaspillé cet argent, alors que là j'en avais un à quelques pas de chez moi au bon air et sans payer! Les choses qui possèdent de la valeur sont gratuites, celles qui n'en possèdent pas peuvent s'acheter. Vu l'agréable vacarme que les oiseaux produisaient, nous en étions sûrement au bouquet final. Gilles m'éclaira:

-Ils attendent le retour solennel du chef d'orchestre.

Ébahi, je lui demandai:

-Qui est-ce?

-Le roi des oiseaux.

-Un aigle!

-Non, un hibou!

-Un hibou?

-Jadis, l'aigle était le roi, mais il n'était pas aimé par les autres oiseaux, car il chassait le jour, comme ses sujets. Un monarque ne doit pas enfreindre la liberté de ses sujets, s'il veut garder longtemps sa couronne. Il a donc été remplacé par le hibou qui chasse la nuit. De plus, le hibou veille sur eux pendant leur sommeil.

De loin, je vis comment son altesse survola rapidement la plaine rase avant de faire une lente et gracieuse arrivée solennelle, en hululant trois fois. Au troisième hululement, tous les oiseaux se turent instantanément, pour laisser sa majesté rejoindre sa tanière. Gilles continua à partager son enthousiasme.

« Et maintenant, l'arrivée de l'aube! Depuis la mort de ma femme, je me suis mis à la recherche d'une nouvelle conjointe. Je pense que je devrais demander l'aube en mariage. Sa fidélité à notre rendez-vous quotidien, que je te fais partager, devient un exemple pour tous les époux du monde entier, Jean. Tous les matins, je l'attends et elle vient. »

Ce vieil homme ne manquait pas d'humour. Je me mis à rire de bon cœur, comme je ne l'avais pas fait depuis bien longtemps.

« J'admire en elle, non seulement la douceur des pâles rayons du soleil qui m'aveuglent gentiment, mais aussi sa fermeté. Par un simple murmure "Fuis" elle chasse la nuit qui s'incline silencieusement. Depuis toujours, les Hommes sont en quête d'un nouveau et meilleur lendemain et sa venue abreuve leur soif. »

Sa dernière phrase me rendit pensif. Un lendemain meilleur...

Pourtant, notre monde empirait de jour en jour, devenait de plus en plus atroce. Inquiet de ma soudaine consternation, il tenta de me rassurer comme s'il avait pu lire le fil de mes pensées:

« C'est l'impression que tu as. Nous traversons seulement un long corridor obscur. L'erreur des Hommes est de s'écraser mutuellement au lieu de chercher la lueur qui pourrait les guider vers la sortie. Et pourtant, tous les jours, l'aube revient inlassablement à la charge, en chassant la nuit et en faisant un clin d'œil aux Hommes dans l'espoir qu'ils comprennent enfin qu'il faut en faire autant: éclairer les cœurs obscurs... Imite l'aube, mon ami, tu en as encore le temps. »

D'un geste de la main, il me montra sa barbe blanche et sa canne couchée dans l'herbe.

« Persévère dans tes tentatives si elles poursuivent un but louable. »

Cet homme était-il pêcheur de bonheur ou semeur d'espoir?

Je ne savais pas quoi répondre et il continua:

« Certains qui espèrent, s'attendent à découvrir une montagne magique ou un paradis terrestre, mais ils n'ont rien compris. Au quotidien, je vois des Hommes placer inutilement des lampadaires installés sur des échafaudages branlants pour illuminer ce monde sombre. En réalité, la lueur se distingue dans un geste, un pas ou un sourire qui est bien plus rayonnant que tous les projecteurs du monde réunis. Jean, il existe deux catégories d'Hommes: ceux qui recherchent avidement des gros billets et ceux qui se contentent de ramasser les centimes épars tout au long du chemin qu'est la vie. Permets-moi de te donner un conseil: les centimes brillent plus... Tiens justement, observe la rive opposée. »

Une famille faisait une promenade matinale. La mère portait un panier à moitié rempli de champignons pendant que le père et ses enfants scrutaient la surface de l'eau. Ils recherchaient apparemment la présence de bulles d'air de poissons. Brusquement, une bulle apparut et ils rirent.

« Et là, sur le pont! » me dit-il.

Deux amoureux marchaient en roucoulant, enlacés et cajolés par les rayons du soleil.

« Tu vois, eux sont heureux et rayonnent de par leurs sourires, gestes et pas. Certains Hommes importants se mettent dans la tête d'illuminer la planète entière, alors qu'il ne le peuvent pas... On ne peut illuminer que soi-même et fébrilement les étoiles voisines. Au fond, nous sommes un peu comme les étoiles. »

L'homme se leva pour aller chercher sa canne à pêche. Je le considérai de haut en bas, à la lumière du jour naissant, avec son dos courbé et ses rides marquées. Il arrima sa canne à un petit piquet, lança le fil et se rassit de nouveau. « Jean, tu m'as raconté tous les problèmes avec tes enfants. Tu te soucies beaucoup trop. L'évolution est comme un cours d'eau, tu ne peux pas te mettre en travers. Un bout de bois n'est pas en mesure d'arrêter le parcours d'une feuille. Il peut au mieux flotter au-devant d'elle, dans l'espoir qu'elle suive le sillon, mais c'est tout. »

Gilles retira son chapeau et se redressa lentement. Il me considéra d'un regard perçant comme voulant lire les pensées, hésita une seconde, puis murmura comme le vent dans les saules pleureurs:
-Jusqu'à présent, tu as été d'accord avec moi et tu as compris ce que je voulais te dire. Pour la peine, je vais te confier la clef d'or universelle du bonheur. Veux-tu bien m'écouter?
-Oui, je suis prêt.
-Elle est plutôt simple à manier: fais confiance au destin.
-En quoi ceci a-t-il avoir avec le bonheur? lui demandai-je, stupéfait de cette clef énigmatique. Je m'étais attendu à une phrase philosophique, très compliquée, en hébreux ou grec ancien.

-C'est le seul moyen de vivre en paix avec son entourage et de ne pas se poser la question du lendemain.

-La vie est parfois trop injuste pour qu'on puisse faire confiance à la vipère que peut être le destin. La mort fauche quotidiennement des gens fantastiques, de toutes catégories, qui manquent à l'humanité pour avancer, lui répondis-je, en désaccord avec ses propos.

-Ce n'est pas faux, mais la mort n'est qu'une séparation momentanée d'êtres vivants. Les retrouvailles des Hommes bons auront lieu dans l'éternité, là où l'épée de Damoclès qu'est le temps n'existe pas.

-Je l'espère...

-Si tu y réfléchis bien, tu remarqueras que Dieu n'aurait aucun intérêt à créer des Hommes, qui sont ses fils, pour les tuer un jour ou l'autre. D'ailleurs, chaque chose, chaque événement, nous rapproche du savoir à notre encontre. Le destin est une chose qui nous dépasse et il est inutile d'essayer d'y trouver une logique. Nous ne sommes qu'une seule personne parmi des milliards. Parfois, on pose la question "pourquoi" au destin et il ne répondra que plusieurs années ou siècles plus tard. Or, les Hommes veulent toujours avoir une réponse à tout dans la minute qui suit et ne disposent pas de la patience nécessaire pour attendre. Attendre peut être parfois pénible, mais crois-moi, attendre, à terme, c'est recevoir.

-La patience nécessaire d'attendre plusieurs siècles?! Les Hommes qui restent le plus longtemps dans notre monde ne vivent pas plus d'un siècle.

-L'éphémérité n'est qu'une illusion qui résulte de la peur

de l'inconnu.

Pour revenir à ton cas, je suis sûr que tout finira par aller pour le mieux. Ton entreprise te tenait en esclavage pendant toute la journée, maintenant tu seras libre. Et même si tu devais te faire incarcérer pendant un an ou deux, vois le côté positif. Je ne sais pas, écris des romans en prison.

-Pourquoi lui faire confiance?

-C'est le seul moyen de profiter pleinement d'instants de bonheur mon ami, si ton cœur s'abîme à s'inquiéter, se hâter et se plaindre d'événements qu'on ne peut pas changer, alors il ne peut pas être heureux. Tu as vu toi même qu'aucune œuvre d'art façonnée par la main humaine n'est plus belle que la vie. Les poissons qui nagent heureux, les oiseaux qui gazouillent, les enfants qui rient si on écoute bien, les amoureux qui s'embrassent, les promeneurs qui profitent de la beauté de la nature, les étoiles qui scintillent, le lever du soleil qui t'ont fait rêver et redécouvrir la beauté de la vie. La vie est un cadeau. Mais si on se presse, s'énerve et recule devant le lendemain, le cadeau se transforme très vite en lourd fardeau de bois humide.

C'est alors que tout devînt clair, tout s'illumina! Elle était très facile à tourner dans la serrure, cette clef! J'avais donc vécu quarante-sept ans dans l'aveuglement total, ignorant le réel bonheur à m'inquiéter et à me soucier d'éventuelles catastrophes. J'étais père de quatre enfants, j'avais été douze ans à l'école, huit ans à l'université, travaillé vingt-et-un an, publié dix-sept ouvrages d'économie, lu des centaines d'œuvres littéraires, voyagé presque partout, sans l'avoir jamais trouvé. Et c'était là, à l'instant même, que ce vieux pêcheur venait de me remettre la clef en mains. Vous me comprendrez si je vous dis que ceci était profondément gênant et que je me sentis très, très bête face à Gilles. Je m'exaspérai d'avoir traversé notre monde pendant tant de temps, complètement aveuglé:

« C'est insupportable d'avoir vécu quarante-sept ans dans l'ignorance! Et dire que j'ai perdu tout ce temps si précieux, c'est désespérant... » affirmai-je, tout en secouant la tête.

Gilles me répliqua:

« Mes appréhensions secrètes étaient donc fondées, tu n'as toujours pas compris le sens de la clef... »

C'est alors que je compris que je n'avais rien compris, et que je ne comprendrai jamais réellement. Ceci n'était pas de mon ressort et ne le sera jamais. J'étais probablement trop jeune pour être un vieux pêcheur philosophe. Ou trop vieux pour être un petit garçon insouciant. Ou trop riche pour connaître la simplicité. Ou trop pauvre pour pouvoir savourer le délicieux luxe du temps. Ou trop... Ou juste un Homme, parmi tant d'autres, qui ont peuplé, peuplent et peupleront notre planète, demeurant incapable de comprendre et de profiter de la beauté de la vie...

P.S.: Je venais de terminer la rédaction de ce roman, lorsque j'ai commencé à réfléchir au titre et à la dédicace. Après avoir éliminé quelques idées, j'ai décidé de l'intituler "En quête de bonheur". Quant à la dédicace, j'avais pensé à un "A mes amis, A ma famille". Vous voyez une dédicace classique. Puis, je me suis dit qu'il fallait une dédicace originale pour rentrer dans l'esprit d'un roman pas comme les autres. J'ai donc étendu cette dédicace. Je suis donc sorti faire un tour, comme votre ami Jean l'a fait si souvent, dans le parc de la ville. A l'orée d'un petit bois, j'y ai rencontré un petit écureuil. Nous nous sommes observés pendant plusieurs minutes, sans rien nous dire. J'aurais aimé faire la connaissance de cet écureuil. Mais je ne parle pas plus "l'écureuil", que Jean ne parle le "chien". En fait, comme Jean, je ne suis pas doué pour les langues étrangères. Cher petit écureuil, je sais que tu es doué, que tu sais grimper aux arbres, que tu sais faire tes provisions. Je ne t'ai pas oublié et sais que tu liras mon roman. Je te le dédie.

A ma famille, mes amis et au petit écureuil.

Pierre Defrance

L'auteur:

Pierre Defrance (de son vrai nom Pierre Hirtreiter), est un jeune auteur franco-allemand né le 21 janvier 1999 à Munich. En 2016, l'écrivain, élève au Lycée Jean Renoir de Munich, écrit son premier roman "En quête de bonheur".